KB078421

風神 徐聞

풍신서윤

풍신서윤 9

강태훈 新무협 판타지 소설

초판 1쇄 찍은 날 § 2016년 9월 6일
초판 1쇄 펴낸 날 § 2016년 9월 13일

지은이 § 강태훈
펴낸이 § 서경석

편집책임 § 김현미

펴낸곳 § 도서출판 청어람
등록번호 § 제387-1999-000006호
등록일자 § 1999. 5. 31
어람번호 § 제2-2681호

주소 § 경기도 부천시 원미구 부일로 483번길 40 서경B/D 3F (우) 14640
전화 § 032-656-4452 팩스 § 032-656-4453
http://www.chungeoram.com
E-mail § chungeorambook@daum.net

ISBN 979-11-04-90959-7 04810
ISBN 979-11-04-90522-3 (세트)

풍신 서윤

風神徐門

9

강태훈 新무협 판타지 소설

도서출판
청
람

1장	사천행	7
2장	혈루문(血淚門)	35
3장	각성(覺醒)	63
4장	독인(毒人)	105
5장	당호엽	133
6장	광동행	167
7장	영호광과 위지강	189
8장	악연(惡緣)	227
9장	궁마존	259

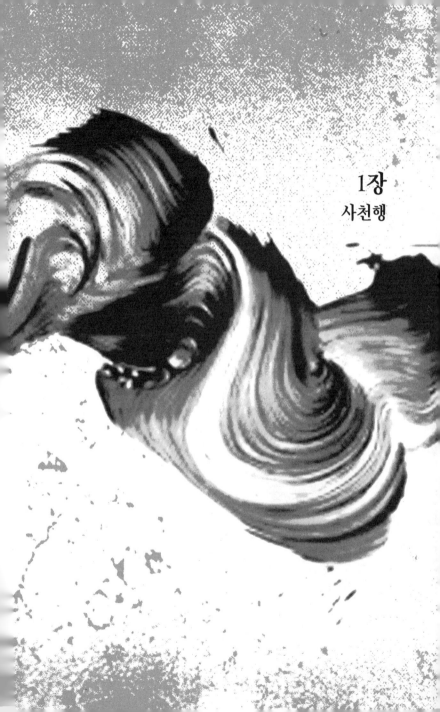

1장
사천행

風神 徐門

풍신서윤

 귀주성으로 들어선 서윤과 의협대는 속도를 높였다.

 출발 전 미리 쉬어갈 장소를 정해놨기에 그 지점을 향해
빠르게 치고 나갔다.

 주변 경계를 하지 않는 건 아니었지만 그 부분은 이미
후개와 이야기가 된 부분이기에 개방에 어느 정도 맡기고
의협대는 귀주성을 돌파하는 것에만 집중하기로 했다.

 선두에 서서 달리는 서윤은 대원들의 속도에 맞춰 달리
며 비장한 표정을 짓고 있었다.

 마치 누구라도 한 명 나타나기만 해보라고 말하는 것

같았다.

　서윤뿐만 아니라 다른 대원들 역시 마찬가지였지만 특히
나 서윤이 보이는 비장함은 그 차원이 달랐다.

　주변의 풍경이 그 형태를 제대로 확인하기 어려울 정도
로 빠르게 옆을 스치고 지나갔다.

　그러면서도 서윤의 눈은 주변을 빠르게 훑고 있었다.

　귀주성에 들어와 달리기 시작한 지 한 시진이 되었을 때
설시연의 전음이 서윤의 귓가에 스쳤다.

　[너무 빨라요. 속도를 좀 늦춰도 될 거 같아요.]

　그에 서윤은 슬쩍 뒤쪽을 바라보았다.

　아직까지는 괜찮았지만 조금씩 처지는 대원들이 나타나
기 시작했다.

　'너무 무리했나?'

　괜히 감정이 앞서 대원들을 생각하지 않고 속도를 높인
건 아닌가 하는 생각이 들었다.

　하지만 이 정도도 버티지 못할 정도의 실력이라면 앞으
로의 전투에서도 살아남기 힘들 수 있었다.

　'그래도 무리하면 안 되겠지. 언제 적이 나타날지 모르는
데.'

서윤이 속으로 중얼거리며 속도를 조금 늦췄다.

그러자 뒤에서 몇몇 대원에게서 다행이라는 뜻의 한숨이 터져 나왔다.

하지만 대원들의 머릿속에 떠오른 '다행'이라는 두 글자는 금방 지워졌다. 서윤과 또 다른 누군가가 동시에 소리쳤기 때문이었다.

"달려!"

"달리게!"

서윤의 목소리와 동시에 들려온 걸걸한 목소리. 개방의 진걸개(眞乞丐)였다.

의협대가 귀주성을 지나 큰 소모 없이 사천에 도착하도록 돕기 위한 개방의 지원군 중 한 명이었다.

그의 목소리가 들림과 동시에 진걸개와 그의 수하들이 나타났다. 그리고 그 반대쪽에서는 마도인들이 나타났다.

서윤과 진걸개의 외침이 들림과 동시에 의협대는 속도를 높였다.

짧은 순간에 빠르게 가속을 하기는 했으나 양쪽에서 나타난 개방도들, 마도인들과 함께 뒤섞일 수밖에 없었다.

"싸움은 피한다! 벗어나는 것만 생각해!"

서윤이 다시 한 번 외쳤다. 그에 의협대원들은 순식간에 아수라장이 된 전장을 빠져나오기 위해 더욱 바쁘게 눈과

발을 움직였다.

"헛!"

픽!

달려 나가던 위지강이 급하게 멈춰 서며 몸을 뒤로 젖혔다. 그리고 그 자리로 주먹 하나가 지나갔는데 위지강을 노리던 적을 향해 뻗은 개방도의 주먹이었다.

"실례!"

주먹을 피한 위지강이 허리를 굽혀 그 밑을 지나갔다.

다른 대원들 역시 달리다 멈춰서고 피하고 다시 달려 나가기를 반복했다.

진걸개와 개방도들은 그런 의협대가 최대한 수월하게 빠져나갈 수 있도록 길을 터주려 노력했으나 적들의 공격이 너무 거셌다.

"으라아아앗!"

그러자 진걸개가 걸걸한 목소리로 기합을 넣으며 연신 장력을 뿜어내었다.

퍼퍼퍼퍼펑!

그가 쏘아 보낸 장력은 여지없이 마도인들을 쓰러뜨렸다.

그리고 그 덕에 의협대는 물론이고 개방도들의 운신도 자유로워졌다.

"어서 가게!"

진걸개가 서윤을 향해 소리쳤다. 그러는 와중에도 마도인들의 숫자는 줄어든 만큼 늘어나고 있었다.

그에 고개를 끄덕인 서윤은 뒤도 돌아보지 않고 앞으로 달려 나갔다.

예전 같으면 개방도들을 두고 그냥 가는 것이 마음에 걸려 망설였겠지만 지금은 아니었다.

오로지 앞으로의 큰일만 떠올리며 이를 악물고 그 자리를 벗어났다.

"으라아아아앗!"

뒤쪽 멀리서 또 한 번 진걸개의 걸걸한 기합성이 들려왔다. 앞만 보고 달리는 서윤은 부디 방금 들은 그 기합 소리가 마지막이 아니기를 바랐다.

*   *   *

진걸개와 개방도들의 도움으로 그 자리를 벗어난 의협대는 한참을 달려서 후개가 미리 알려준 장소로 도착했다.

일정 시간 휴식을 취할 수 있는 여건을 가진 곳으로 이곳에서 그들은 처음으로 휴식을 취했다.

조금은 무리를 한 탓에 휴식 장소에 도착한 대원들 대부분은 자리에 털썩 주저앉아 숨을 골랐다.

서윤은 대원들이 편히 쉴 수 있도록 주변 경계를 자처하고 나섰다. 그 덕에 대원들은 아무 걱정 없이 체력을 보충할 수 있었다.

"안 힘들어요?"

"괜찮아요. 누이도 좀 쉬어요. 힘들 텐데."

"이 정도는 괜찮아요."

설시연의 대답에 서윤은 미소를 지으며 고개를 끄덕였다.

"여기가 어디쯤이죠?"

설시연의 물음에 서윤이 품에서 지도를 꺼냈다.

"강구현 서북쪽 지역쯤 되겠네요. 불행인지 다행인지 생각보다 이곳에 빨리 도착했습니다."

"그래요? 그럼 좀 더 쉴 수 있겠네요."

설시연의 말에 서윤이 진지한 표정으로 답했다.

"글쎄요. 어떻게 될지 모르겠네요. 저들이 처음부터 너무 강하게 나오는 것 같다는 기분이 들기도 하고."

"괜히 기분 탓 아니에요? 개방의 움직임을 진작 눈치챘을 거고 그러다 보면 경계가 강한 건 당연하겠죠."

"그렇긴 하지만……."

서윤이 인상을 찌푸렸다. 이렇게 뭔가 걸리는 기분이 드는 건 감도생으로 변장한 폭렬단주를 처음 만났을 때 이후로 처음이었다.

'아니겠지. 설령 그렇다 하더라도 다 뚫어버리겠어.'

그렇게 중얼거린 서윤은 휴식을 취하고 있는 대원들을 한 번씩 훑었다.

반드시 지켜내겠다는 의지를 다시 한 번 다지는 순간이었다.

＊　　　＊　　　＊

휴식을 취한 서윤과 의협대는 다시 발걸음을 재촉했다.

충분한 휴식을 취했기 때문인지 의협대원들의 발걸음도 그 전보다 더 가벼워져 있었다.

빠르게 달리는 의협대의 주변으로 낯선 기운들이 몰려들었다.

마도인들 특유의 마기가 아닌 것으로 보아 개방도들인 듯했다.

제법 많은 숫자의 개방도가 엄호하고 있다는 생각에 든든한 마음도 들었지만 그만큼 미안한 마음도 들었다.

하지만 지금은 어쩔 수 없다는 생각에 애써 그런 마음을 지우고 앞으로 달려가기만 하는 서윤이었다.

'마기!'

서윤은 앞쪽에서 느껴지는 강한 마기에 속도를 살짝 줄였다. 그러자 의협대 주변에 있던 개방도들이 그들을 추월해 앞으로 나아가는 것이 느껴졌다.

"우회합니다!"

개방도들이 앞으로 치고 나가자 의협대는 방향을 틀었다. 방금 전보다 길이 더욱 험해졌지만 적들과 뒤엉키는 것보다는 속도가 빠를 것이라는 판단 때문이었다.

서윤의 예상은 적중한 듯 보였다.

남서쪽으로 방향을 틀어 우회하던 서윤은 개방도들이 적들과 부딪쳐 싸우는 것을 느낄 수 있었다.

반면 나아가는 의협대의 앞쪽에서는 적들의 기운을 느낄 수 없었다.

'일 리 정도만 더 가서 다시 북상한다.'

그렇게 머릿속으로 계획을 정리한 서윤이 속도를 조금 더 높였다.

길이 험하기는 했지만 그렇다고 속도를 줄여야 할 정도는 아니었기에 뒤따르는 대원들도 무리 없이 따라붙고 있었다.

하지만 얼마 가지 못해 서윤과 의협대는 속도를 줄일 수밖에 없었다.

아니, 아예 멈춰 설 수밖에 없었다.

거대한 도를 들고 그들의 앞을 막아선 사람이 있었기 때문이었다.

단 한 사람이었으나 그가 뿜어내는 존재감이 상당했기에 서윤으로서도 긴장할 수밖에 없었다.

서윤은 침착하게 상대의 주변에 다른 적들이 있는지 확인했다. 하지만 다행스럽게도 다른 적들은 없었다.

[누이, 내가 신호하면 대원들을 데리고 빠져나가십시오.]

[안 돼요. 차라리 다 같이 쳐요.]

[아니요. 그럼 최소한 한둘은 죽어나갈지도 몰라요. 혼자 맡겠습니다.]

[하지만.]

설시연의 전음이 끝나기도 전에 서윤이 먼저 상대를 향해 발걸음을 옮겼다.

그에 설시연은 걱정스러운 눈빛으로 그 뒷모습을 바라보면서도 대원들에게 서윤이 한 말을 전했다.

그녀로부터 서윤의 전음을 전해 들은 대원들도 그녀와 마찬가지로 걱정이 되었지만 반대로 서윤을 믿기에 그의 말에 따르기로 했다.

그때였다.

서윤의 앞을 가로 막은 사람이 또 있었다.

이번에는 서윤을 바라보는 것이 아니라 서윤에게 등을 보이고 선 사람이었다.

바로 은밀하게 의협대를 따르던 서시였다.

"가. 여기는 내가 맡을 테니까."

"상대는 강해."

"나도 강해. 예전의 내가 아니라고."

서시가 서윤에게 눈길도 주지 않고 말했다. 그녀가 강하다는 건 알지만 상대가 뿜어내는 기운이 상당했기에 걱정될 수밖에 없었다.

"조심해. 다음 장소에서 보지."

"알았어."

서시의 대답에 서윤이 대원들을 돌아보고는 고개를 끄덕였다.

그러고는 대원들과 함께 다시 달리기 시작했다.

"어딜!"

의협대의 움직임을 본 상대가 도를 휘두르며 그 앞을 막아서려 했다.

하지만 서윤은 속도를 줄이지 않았다.

서시가 맡겠다고 했으니 자신은 그것을 믿고 나아가면

그뿐이었다.

서윤의 믿음대로 서윤을 향해 똑바로 도를 휘두르는 상대의 앞에 서시가 홀연히 나타났다.

그녀의 양손에는 작은 단도가 들려 있었는데, 그것으로는 상대의 도를 막아내는 것이 불가능해 보였다.

서시는 상대의 도를 막지 않았다.

양손에 들고 있던 단도 중 하나는 그의 심장을 향해 똑바로 던졌고 다른 하나로는 도를 쥐고 있는 손의 손목을 노렸다.

전광석화 같은 서시의 공격에 상대는 인상을 찌푸린 채 도를 거둬들이며 몸을 비틀 수밖에 없었다.

그 덕분에 서윤과 의협대는 무사히 그 자리를 벗어날 수 있었다.

서시는 멀어지는 의협대에게 시선을 두지 않고 오로지 눈앞의 상대만 바라보았다.

"감히."

"감히라니. 그건 내가 할 소리야. 감히 어디에 도를 휘두르고 있어? 죽으려고."

그녀가 살기를 뿜으며 상대를 쏘아붙였다. 그러자 상대는 기가 차다는 듯 그녀를 노려보다가 이내 놀란 표정을 지었다.

"사람인 줄 알았는데 아니군. 실혼인인가?"

"헛소리할 것 같으면 집어치워."

상대의 말에 서시가 날카롭게 말했다.

하지만 상대는 서시의 말에 신경도 쓰지 않고 자기 할 말만 하고 있었다.

"의식이 있는 실혼인이라니. 음귀곡주의 작품인가? 그런데 어찌 정도의 편에 서 있는 거지?"

"방금 그 말, 기분 나쁘네. 내가 무슨 박제된 새라도 된 것 같잖아. 죽여야겠어."

"후후. 웃기는군."

상대가 서시를 향해 도를 겨누면서 말했다.

"실혼인 덕분에 기세등등하던 음귀곡이 두려워한 마도문파 두 곳이 있지. 한 곳은 당연히 마교고 다른 한 곳이 바로 우리 혈루문(血淚門)이다. 그 이유는⋯⋯."

스억!

갑자기 상대가 겨누고 있던 도를 위로 들어 올렸고 그와 동시에 새빨간 도기가 쏟아져 나왔다.

파박!

하지만 서시 역시 만만치 않았다. 기운을 감지함과 동시에 몸이 먼저 움직여 자리를 피했다.

도기를 피해 거리를 벌린 서시가 인상을 찌푸렸다.

팔 쪽에 아주 작게 흠집이 난 것이다. 실혼인의 몸이라 상처가 나도 피가 흐르지는 않았지만 만약 예전의 몸이라면 팔이 떨어져 나갔을지도 몰랐다.

'제대로 피하지 못했어.'

서시가 긴장한 듯 침을 삼켰다. 그것을 본 상대가 입가에 진한 미소를 지었다.

"내가 익힌 무공이 실혼인과는 상극이기 때문이다."

'쉽지 않겠네.'

상대의 말에 서시가 다시 한 번 인상을 찌푸렸다. 하지만 그럼에도 자신은 있었다.

"당신이 한 가지 간과한 게 있는데 그게 뭔지 알아?"

그렇게 물으며 서시가 비어 있는 한 손에 다시 단도를 꺼내 들었다.

"난 실혼인도 아니고 일반적인 무공을 익힌 무인이 아니야. 살수지. 지금부터 보여줄게. 실혼인의 힘과 살수의 무공이 만나면 어떤 위력을 발휘하는지."

그렇게 말하는 서시의 눈이 빛났다.

아직 해가 중천인 상황.

서시에게 유리할 것이 없는 시간대였지만 주변 환경을 생각하면 불리할 것도 없었다.

서시가 양손에 든 단도를 손 안에서 몇 바퀴 돌리고는

그 자리에서 사라졌다.

완벽하게 감춘 기척.

하지만 상대는 침착했다. 마치 자신이 잡아내지 못할 기운은 없다는 듯 주변으로 기운을 펼쳤다.

서시는 더욱 기운을 죽였다.

기척을 감추려는 서시와 기척을 찾으려는 상대의 보이지 않는 싸움이 치열하게 펼쳐지기 시작했다.

한 식경이 훌쩍 지나갔다.

상대는 여전히 가만히 서 있었고 서시 역시 기척을 감춘 채 상대를 응시하고 있었다.

틈을 찾으려는 서시의 시선은 상대에게 고정된 채 움직일 줄을 몰랐다. 눈도 거의 깜빡이지 않고 있었는데 그럼에도 틈을 찾지 못한 것이었다.

한 식경이 더 지나 반 시진이 되었다.

여전히 두 사람의 대치는 그 상태로 이어지고 있었다.

숨 막히는 긴장감이 주변을 가득 채우고 있었고 계속되는 고요함은 끝날 줄을 몰랐다.

그러던 어느 순간.

팍!

계속해서 상대를 응시하던 서시가 움직였다. 그리고 거의 동시에 상대도 도를 휘둘렀다.

상대의 도에서 또 한 번 붉은 도기가 쏟아져 나왔다.

상대는 거대한 도를 마치 가벼운 검을 휘두르듯이 하고 있었다.

속도는 서시가 더 빨랐다.

상대가 쏘아 보낸 붉은 도기는 서시의 어깨 언저리를 스치고 지나갔다.

반면 서시는 어느새 그의 심장 부근에 단도를 찔러 넣고 있었다.

'됐다!'

서시가 회심의 미소를 지었다. 하지만 그 순간, 믿을 수 없는 일이 벌어졌다.

분명 가슴을 파고들어 심장을 찔렀어야 할 단도가 전진하지 못하고 막힌 것이다.

씨익!

상대가 웃었다. 그리고 동시에 그의 다리가 들어 올려졌다.

서시는 재빨리 뒤로 몸을 퉁기며 팔을 교차해 얼굴과 몸통을 막았다.

퍼억!

쾅!

상대가 서시의 교차된 팔을 있는 힘껏 걷어찼다.

뒤로 먼저 뛰었음에도 불구하고 팔을 타고 전해지는 힘
이 워낙 강해 서시의 몸이 빠르게 날아가 나무에 강하게
부딪쳤다.

"큭!"

통증은 거의 없었다.

몸이 실혼인화 된 것의 장점 중 하나였다. 하지만 충격
이 전달되지 않은 건 아니었다.

순간적으로 숨 쉬기가 어려워졌고 내부 장기가 진탕되었
는지 메스꺼움 같은 것이 느껴졌다.

하지만 서시는 곧장 움직였다.

상대가 자신을 반으로 갈라놓을 것처럼 도를 아래로 내
리쩍고 있었기 때문이었다.

서시가 바닥으로 몸을 굴렸다.

한 바퀴 굴려 발이 땅에 닿음과 동시에 박차고 뛰어 그
자리에서 사라졌다.

쒜에에엑!

하지만 이번에는 기척을 놓치지 않겠다는 듯 상대가 재
빨리 도기를 쏘아 보냈다.

'헛!'

속으로 헛바람을 들이켠 서시가 공중에서 몸을 빠르게
회전시켰다.

찌이익!

몸을 회전시키며 펄럭인 그녀의 옷자락이 길게 찢겨 나갔다.

그 소리를 마지막으로 서시는 다시 기척을 감추었다.

호흡이 가쁠 텐데 숨 쉬는 소리도 들리지 않을 정도로 완벽하게 기척을 감춘 그녀였다.

상대가 다시 인상을 찌푸렸다.

또다시 숨바꼭질을 시작해야 한다는 생각에 짜증이 밀려왔다.

'살수. 이번 대업이 끝나고 나면 이 땅에 있는 살수들의 씨를 말려야겠군.'

속으로 그렇게 중얼거린 상대는 다시금 호흡을 고르며 서시의 기척을 찾기 시작했다.

장장 한 시진의 숨바꼭질이 계속되었다.

서시는 기척을 감추었고 상대는 찾으려 애썼다. 그러는 사이 서시는 틈이 보일 때마다 상대에게 은밀하게 접근해 공격을 가했다.

무언가를 입었는지 단도가 들어가지 않는다는 것을 몇 번의 실패로 확인한 서시는 다른 방법으로 상대를 괴롭혔다.

손목, 팔목, 손가락, 목, 발목 등 취약한 부분을 집중적으로 노렸다.

　때로는 접근해서 단도를 휘둘렀고 때로는 상대를 교란시키기 위해 얇은 암기를 던지기도 했다.

　하지만 상대의 방어벽 역시 견고했다.

　서시의 공격이 있을 때마다 철저히 막아냈고 매서운 반격을 가했다.

　서시의 입장에서 털이 바짝 설 정도로 아찔한 반격도 몇 차례 있었다.

　하지만 살수 특유의 날렵함과 은밀함, 그리고 날카로움을 가진 서시는 그리 호락호락하게 당하지 않았다.

　그러다 보면 심하게 짜증이 날 법도 하건만 상대는 용케도 침착함을 유지하고 있었다.

　하지만 속으로는 굉장히 답답해하고 있었다.

　답답한 것은 서시도 마찬가지였다.

　상대의 공격은 생각보다 단조로웠다. 하지만 생각 이상의 속도와 상식을 뛰어 넘는 힘을 바탕으로 제대로 된 틈을 주지 않고 있었다.

　'실혼인과 상극이라더니. 그건 아닌 것 같은데.'

　서시가 기척을 죽인 채 상대를 쳐다보며 속으로 중얼거렸다. 아직까지는 상대의 무공이 실혼인과 상극이라는 생

26 풍신서윤

각이 들지는 않았다.

'피곤하네.'

기적을 숨긴 채 서시가 속으로 중얼거렸다. 그러고는 본
인 스스로가 흠칫 놀랐다.

실혼인 상태에서 의식을 찾은 후로 피곤하다는 느낌을
받아본 적이 없었기 때문이었다. 그런데 무의식적으로 피
곤하다는 생각을 한 것이다.

'그 약이 정말 효과가 있군.'

서시는 동이 만들어준 작은 환약을 떠올렸다. 대륙상단
에 있는 동안에는 탕약으로 먹었지만 떠나오면서는 먹기
좋게 환약으로 만들어준 약이었다.

"아무래도 탕약보다는 약효가 좀 떨어집니다. 그만큼 치료
기간도 길어질 거고요."

환약을 건네주며 동이 했던 이야기가 떠올랐다.

'약효가 떨어지는 건 아닌 것 같은데?'

속으로 그렇게 중얼거린 서시가 정신을 차렸다. 하지만
그사이 상대는 서시의 시야에서 사라져 있었다.

'아뿔싸!'

치명적인 실수였다. 잠시 딴 생각을 한 탓에 상대를 놓

치고 만 것이다.

"잡았다."

뒤쪽에서 들려오는 목소리.

서시는 본능적으로 앞으로 튀어 나가며 몸을 틀어 암기 몇 개를 상대에게 던졌다.

쒜에에엑!

빠르고 강하게 날아가는 암기.

하지만 그녀가 날린 암기는 상대의 몸에 닿기도 전에 그가 쏘아 보낸 도기에 막혀 튕겨 나갔다.

'젠장!'

서시가 이를 악물고 착지와 동시에 방향을 틀었다.

아슬아슬하게 상대의 도기가 그녀를 맞추지 못하고 지나갔다.

콰드드득!

그의 도기에 나무 세 그루가 통째로 잘려 나갔다.

무시무시한 위력. 하지만 서시는 숨 돌릴 틈도 없이 단도를 휘둘렀다.

도기를 날린 상대가 그사이 자신을 쫓아와 지척에서 도를 휘두르고 있던 것이다.

까가가강!

"큭!"

무지막지한 위력의 도를 두 개의 단도로 막은 서시는 어깨가 빠질 것 같은 느낌을 받았다.

다행히 단단한 몸뚱이는 그 힘을 버텨냈으나 도를 막고 있는 단도는 더 이상 버티기 어려울 것 같았다.

서시는 도를 막은 채로 중심을 낮추었다. 그러자 상대의 중심이 앞으로 쏠렸고 그 틈을 타 거의 바닥에 드러누운 상태까지 몸을 낮췄다.

그와 동시에 서시는 상대의 다리에 자신의 한쪽 다리를 감고 다른 쪽 다리로 땅을 강하게 밀었다.

그그그극!

두 개의 단도가 상대의 도에 긁히며 듣기 싫은 소음을 만들어내었다.

쾅!

상대의 도가 땅을 찍었다.

그리고 서시는 상대의 다리를 지지대 삼아 몸을 돌려 그 자리를 피해내었다.

순식간에 상대의 뒤를 점한 서시가 기운을 끌어 올리며 허리춤에서 아무것이나 잡히는 대로 꺼냈다.

'하필!'

아쉽게도 손에 잡힌 것은 작은 암기 하나.

서시는 아쉬운 대로 암기에 잔뜩 기운을 불어 넣은 채

상대의 등을 향해 암기를 찔렀다.

푹!

"크윽!"

'어?'

서시가 찌른 암기가 상대의 등을 반쯤 파고들었고 거기서부터 올라오는 통증에 상대가 짧은 비명을 질렀다.

당황스러웠지만 서시는 그 틈을 타 거리를 벌리고 다시 기척을 감추었다.

"크아악!"

상대가 괴성에 가까운 포효를 했다.

등에 박힌 암기를 빼내려는 듯 바둥거렸지만 손이 제대로 닿지 않아 뺄 수가 없었다.

서시는 기척을 숨긴 채 가만히 상대의 모습을 바라보았다.

'앞쪽은 안 들어가더니 뒤쪽은 들어가? 이게 무슨 조화야?'

얼떨결에 공격을 성공시키기는 했으나 당황스럽기는 서시도 마찬가지였다.

찌지지직!

그러는 사이 상대가 상의를 찢어버렸다. 그러자 그가 옷안에 입고 있던 무언가가 보였다.

'갑옷? 아닌가? 뭐지?'

상대는 촘촘한 그물로 만든 갑옷 같은 것을 입고 있었다.

앞쪽은 촘촘했지만 뒤쪽은 양쪽을 붙잡아 묶는 끈들이 있어 빈 공간이 조금씩 있었다.

서시의 암기가 운 좋게도 그 틈을 찌른 것이다.

'쐐기를 박았어야 하는 건데.'

더욱 강하게 찔러 넣어 암기가 완전히 틀어박혔다면 더욱 치명타가 됐을 것이다.

그렇게 되면 상대의 움직임이 눈에 띄게 둔해졌을 것이고 더욱 유리한 상황이 될 수 있었다.

'뭐로 만든 건지는 모르겠지만 저 그물 갑옷이 있는 곳은 아무리 찔러도 아무 소용없다는 거지?'

서시는 상대를 유심히 살피며 빈틈들을 머릿속에 입력하기 시작했다.

살수들은 작은 틈을 정확히 노려 상대의 목숨을 끊는데 탁월한 능력을 지닌 자들이다.

한 살수 무리의 수장이었던 서시가 그런 능력이 떨어질 리가 없었다.

잠시 동안 그렇게 상대를 살핀 서시가 입가에 미소를 지었다.

'입력 완료. 이제부터 곰 사냥 시작이다.'

서시가 그렇게 속으로 중얼거렸다.

그리고 주변에는 점점 어둠이 내려앉고 있었다.

*   *   *

여전히 회화현에 머무르고 있는 후개는 개방도로부터 보고를 전해 듣고 있었다.

"어디쯤 갔다고?"

"강구현 서북쪽 이십 리 지점인 것으로 예상됩니다. 이동 속도가 빨라 지금쯤은 더 갔을 수도 있습니다."

"빠르군. 귀주성 내 적들의 움직임은?"

"예상했던 것보다 숫자도 많고 강합니다."

"흠……."

보고를 들은 후개가 인상을 찌푸렸다. 상대의 대응이 너무 기민하다는 느낌을 받았다.

"다른 지역은?"

"남궁가와 팽가, 황보가도 각자 맡은 지역에 진출했다고 합니다. 아직 큰 위협은 없다는 보고입니다."

"다른 지역을 보면 또 아닌 것 같기도 하고. 적들 움직임을 예의 주시하라고 해."

"알겠습니다."

보고를 마친 개방도가 밖으로 나가자 후개가 작게 한숨을 쉬고는 중얼거렸다.

"이제 여기를 떠나도 되겠어."

이곳 회화현에 계속 남은 이유는 귀주성의 상황을 더 예의 주시하기 위함이었다.

지리적으로 사천에 가장 빨리 들어갈 수 있는 것은 귀주성을 통과하는 것이고 개방을 비롯해 그곳에 좀 더 많은 인력을 배치한 까닭이었다.

다른 세가들과 소림, 무당 등 아직 정도의 세력이 건재하다지만 이런 상황에서 적들이 다른 쪽으로 힘을 집중해 쳐들어온다면 최악의 상황까지 갈 수도 있기 때문이었다.

'아니길 바라야지.'

그렇게 중얼거린 후개가 지금까지 이곳에서 처리하던 여러 가지 자료들을 챙기기 시작했다.

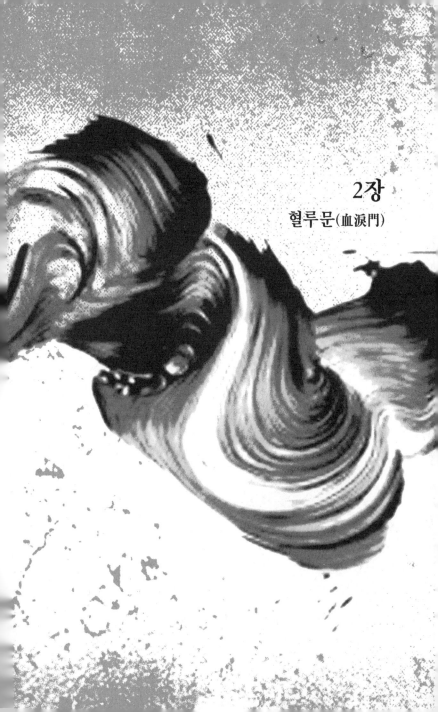

2장
혈루문(血淚門)

風神 徐潤

풍신서윤

서시 덕분에 자리를 피한 의협대는 빠른 속도로 달렸다.

개방의 선조치 덕분인지 상대적으로 수월하게 이동한 의협대는 세 번째 휴식 장소에 도착해 있었다.

대원들은 저마다 건량이나 육포 같은 것을 나눠 먹으며 체력을 보충하고 있었다.

그러는 사이 서윤은 그곳까지 직접 찾아온 개방의 진걸 개와 마주하고 있었다.

"고생하셨습니다. 감사합니다."

"감사는 무슨. 직접 최전방에서 뛸 사람들이 고생이지."

진걸개가 특유의 걸걸한 목소리로 손사래 치며 말했다.

"피해가 많았습니까?"

"생각보다는. 하지만 뭐 이런 시기에 피해는 어쩔 수 없는 일이지. 무림인의 숙명이야. 이 나이까지 안 죽고 살아 있는 것도 기적이라고 할까?"

"그렇군요."

"문제는 앞쪽이야. 귀주성 깊숙이 들어갈수록, 사천성에 가까워질수록 험난해질 게야."

"그렇겠지요. 충분히 각오는 하고 있습니다."

서윤의 말에 고개를 끄덕인 진걸개가 다시 입을 열었다.

"후개가 어디까지 예상하고 있는지 정확히는 모르겠지만, 여기에 직접 와보니 느낌이 달라. 우리가 선수 쳤다고는 하지만 아닐 수도 있겠다는 생각이 드는군."

"그게 무슨 말씀이십니까?"

"말 그대로야. 지금까지 상대한 놈들, 방어하려는 자세가 아니었어. 칠 준비를 한 상태였다는 거지. 운이 좋아 우리가 먼저 움직였지만 적은 이미 움직이고 있었을지도."

진걸개의 말에 서윤이 살짝 인상을 찌푸렸다. 사실이라면 좋을 것이 없는 말이기 때문이었다.

"냄새가 달라, 냄새가."

진걸개가 마지막으로 한 번 더 중얼거렸다.

진걸개는 날이 완전히 어두워진 다음에야 돌아갔다.

서윤과 앞쪽의 상황, 분위기 등에 대한 이야기를 한참 동안 나누었다.

그 덕에 대원들은 예정보다 조금 더 긴 휴식을 취할 수 있었다.

주변의 기운을 살핀 서윤은 적들이 다가올 기미가 보이지 않자 오늘 밤은 이곳에서 노숙하기로 하고 대원들에게 이를 전했다.

그러자 대원들은 진심으로 기뻐하는 표정을 지으며 노숙 준비에 들어갔다.

그런 대원들을 바라보고 있는 서윤에게 설시연이 다가왔다.

"괜찮은 걸까요?"

"다들 괜찮아 보이지 않나요?"

서윤의 말에 설시연이 고개를 저었다.

"아니요. 봉황곡주 말이에요."

설시연의 말에 서윤이 고개를 돌려 그녀를 바라보았다. 한데 그 표정이 걱정스러워하는 표정이 아니었다.

오히려 옅은 미소를 짓고 있었다.

"걱정 말아요. 온다고 했으니 올 겁니다. 그녀도 강하니까요. 걱정이 안 되는 건 아니지만 믿으려고요."

그렇게 말하며 서윤이 설시연 너머의 뒤쪽을 바라보았다. 그에 설시연도 뒤쪽으로 고개를 돌렸다.

그곳에서 서시가 걸어오고 있었다.

"멀리도 왔네. 힘들어 죽겠구만."

그녀를 보는 설시연은 놀란 표정을 지었고 서윤은 미소를 짓고 있었다.

＊　　　＊　　　＊

서윤과 설시연, 서시는 대원들과 조금 떨어진 곳에 모여 있었다. 실제로는 크게 힘들지 않음에도 서시는 계속해서 고생했다며 생색을 내고 있었다.

서윤은 그것을 알고 있으면서도 모르는 척 맞장구를 쳐주고 있었다.

"아무튼 그놈 입에서 혈루문이라는 이름이 나왔어. 나도 들어본 적이 없는 문파라 어느 정도인지 모르겠지만 그놈이 떠벌린 허세만큼 대단한 곳 같지는 않아. 뭐, 그놈이 그 혈루문이라는 곳에서 어느 정도 위치에 있는지는 잘 모르겠지만."

"무시할 만한 실력은 아니었어."

"맞아. 그렇긴 하더라. 쉽지 않았어. 까딱하면 도리어 내가 당할 뻔했으니까. 운이 좋아서 이겼어."

서시의 말에 서윤도 고개를 끄덕였다.

처음 마주쳤을 때를 떠올리면 쉽지 않은 싸움이었다는 건 쉽게 짐작할 수 있었다.

"문제는 그게 아니라, 앞으로도 그런 놈들이 나타날 것 같다는 거야. 더 강한 놈들이 나타날 수도 있겠지."

"강한 놈들이 나타나겠지."

서윤의 말에 설시연이 입을 열었다.

"아까 했던 가가 말처럼 뭔가 더 있는 게 아닐까요?"

"진걸개께서도 그러시더군요. 어쩌면 저들은 우리를 치기 위한 준비가 다 되어 있던 거라고. 어쩌면 계획까지 다 세워놨을지도 모릅니다. 운이 좋아 우리가 먼저 움직이게 된 것이고."

"어쨌든 그럼 우리한텐 좋은 거네요."

설시연의 말에 서윤이 무슨 소리냐는 듯 그녀를 바라보았다. 적들이 만반의 준비가 되어 있다면 힘들어질 건 불보듯 뻔한 일이었다.

"저들의 계획을 어긋나게 만들었잖아요. 계획이 어긋나면 다른 계획을 세우기까지 시간이 좀 걸리지 않겠어요?"

"미리 다른 계획을 세워놨을 수도 있습니다. 아니면 그런 것 무시하고 그냥 밀고 나갈 힘이 있을 수도 있고요. 마냥 좋은 상황은 아닐 수 있죠."

"그런가……."

서윤의 말에 설시연이 말끝을 흐리며 고개를 끄덕였다.

"귀주성에서는 우리가 적들과 부딪칠 일이 많지 않을 거라고 생각되지만 앞일은 모르는 거니 대비해 두어야 할 것 같습니다."

"내가 좀 알아봐?"

서시의 물음에 서윤이 고개를 저었다.

"아니. 개방에서 담당할 부분이니까. 지속해서 정보도 전해주고 있고. 우리는 그저 사천성 일만 생각하면 돼. 최대한 그전에 힘 빼지 않도록 조절하면서."

"알았어."

서시의 대답에 서윤이 미소를 지은 채 말을 이었다.

"힘 아껴뒀다가 결정적일 때 부탁할게."

"힘은 넘쳐나니 걱정 말고. 두 사람 다 눈 좀 붙여둬. 주변 경계는 내가 알아서 할 테니까."

"괜찮겠어?"

"난 괜찮아. 이상하게 의식을 찾은 후에는 잠도 많이 줄었어. 그마저도 너무 안 자서 억지로 눈을 좀 붙이려고 눈 감고 누워 있던 수준이지만."

"그럼 부탁할게."

"그래."

짧게 대답한 서시가 홀연히 어둠 속으로 녹아들었다. 그에 서윤과 설시연도 대원들이 마련해 준 잠자리에 들었다.

한창 밤이 늦은 시간.

서윤은 잠에서 깨었다.

주변에 낯선 기운이 나타났다가 사라지는 일이 몇 차례 있었기 때문이었다.

'서시인가.'

낯선 기운은 적의 것이 분명했다. 그리고 그 기운이 사라졌다는 건 서시가 그를 처치한 것이리라.

'미안해지네.'

서시가 자처하여 하는 일이긴 하지만 오랜만에 만나서 회포를 풀기보다는 이런 일을 맡겨 미안한 마음이 더 컸다.

'나중에 뭐라도 좀 해줘야겠어.'

속으로 그렇게 중얼거린 서윤은 다시금 잠을 청했다.

'하, 이것들. 자꾸 나타나네.'

서시가 방금도 의협대 근처로 접근한 적의 정찰병 한 명의 목을 그어 쓰러뜨린 뒤 속으로 중얼거렸다.

'밤은 길어. 올 테면 와봐. 부대 한두 개 정도는 없앨 수 있으니까.'

그렇게 중얼거린 서시가 손에 든 단도에 묻은 피를 시신의 옷에 문질러 닦아내고는 그 자리를 벗어났다.

다음 날 동이 틀 무렵.

대원들이 하나둘씩 눈을 뜨기 시작했다. 그때 서시는 한가운데에 피워놓은 모닥불 앞에 앉아 있었다.

잠 한숨 자지 않고 밤을 꼴딱 지새운 그녀였지만 피곤한 기색 하나 없이 물끄러미 불꽃만 바라보고 있었다.

"고생했어."

서윤이 그녀 곁에 다가와 앉으며 말했다.

"고생은 무슨."

"몇 명이었어?"

"알고 있었어?"

"모를 줄 알았어?"

"당신도 참 피곤하게 사네. 맡겨 놨으면 그냥 편하게 자지. 저들처럼."

서시가 대원들을 바라보며 말했다. 그에 서윤도 피식 웃으며 말했다.

"그러게. 근데 이젠 그게 잘 안 되네. 그래서 몇 명이었어?"

서윤의 물음에 서시가 그를 힐끗 쳐다보고는 무심하게 말했다.

"서른일곱 명."

"바빴겠네. 뭐 그렇게 많이 왔대."

"그러니까. 작정한 것 같던데."

"진걸개 선배님의 말씀이 맞는 걸지도 모르겠어."

서윤이 진걸개가 했던 이야기를 떠올리며 말했다.

"험한 길이 되겠네."

"그렇겠지."

짧게 대답한 서윤의 두 눈동자에는 꺼져가는 불씨가 아른거리고 있었다.

서둘러 노숙한 자리를 정리한 의협대는 다시 분주하게 발걸음을 옮겼다.

역시나 주변을 둘러싸는 개방도들.

의협대가 다시 움직일 때까지 기다린 모양이었다.

어제까지는 개방의 도움 덕분에 긴장을 좀 덜 하고 나아가는 데에만 집중했던 서윤이지만 오늘은 더욱 긴장하고 있었다.

진걸개의 말과 서시가 간밤에 잡은 적들의 숫자, 그리고 분위기를 보면 가볍게 끝날 것 같지는 않았기 때문이었다.

사천성으로 넘어가기 전에 큰 일이 한 번은 벌어질 것 같았다.

그것이 당장 오늘이 될 수도 있는 만큼 긴장을 안 할 수가 없었다.

딱딱하게 굳은 표정으로 달려가는 서윤을 슬쩍 바라본 설시연이 그에게 전음을 보냈다.

[무슨 일 있어요?]

[아니요. 왜요?]

[평소보다 얼굴이 굳어 있어서요.]

[혹시라도 무슨 일이 벌어질 수도 있겠다 싶은 생각에 긴장한 모양입니다.]

서윤의 전음에 설시연도 심각한 표정이 되었다.

서윤이 그럴 정도라면 무슨 일이 벌어져도 크게 벌어질 수 있겠다는 생각이 든 까닭이었다.

[무슨 낌새라도 있어요?]

[아닙니다. 그냥 미리 마음의 준비라도 해두는 거죠.]

[대원들에게도 당부해 둬야 하지 않을까요?]

[아직은 괜찮아요. 이런 말 하기는 그렇지만 무슨 일이 벌어지면 개방 쪽 움직임부터 달라질 테니 그때 가서 해도 늦지 않습니다.]

서윤의 말에 설시연은 보일 듯 말 듯하게 고개를 끄덕였다.

그런 대화를 나누고 반 시진이 채 지나지 않았을 때. 의협대 주변에 있는 개방도들의 움직임에 변화가 생겼다.

무슨 일인지 분주해진 움직임을 느낀 서윤의 표정이 딱딱하게 굳었다.

'이렇게 빨리? 아니, 빠른 게 아닐 수도.'

속으로 그렇게 중얼거린 서윤이 대원들을 향해 소리쳤다.

"아무래도 무슨 일이 벌어진 모양입니다! 혹시 모르니 전투 준비하십시오."

서윤의 외침에 대원들의 표정도 더욱 딱딱하게 굳었다. 귀주성에 들어온 이후 계속해서 사천성에 빨리 도착하는 것이 목표라고 강조했던 서윤이다.

그런 그가 전투 준비를 하라는 걸 보면 무슨 큰 일이 벌어지려는 것이 분명했다.

[숫자가 상당해. 개방만으로는 힘들겠어. 나도 다녀올 게.]

서시의 전음에 서윤은 고개를 끄덕였다. 적의 숫자와 기세가 얼마나 되는지 알 수는 없었지만 그녀가 합세한다면 분명 큰 도움이 될 것이었다.

그녀가 시간을 좀 더 벌어준다면 의협대은 조금이나마 더 나아갈 수 있을 것이었다.

"속도를 조금 더 올리겠습니다. 그렇다고 경계를 늦추지는 마십시오."

서윤이 말한 속도를 높여 달려가면서 주변 경계까지 하는 건 어려운 요구였다. 하지만 대원들 중 누구 하나 어렵다고 말하는 이는 없었다.

의협대는 더욱 속도를 높여 빠르게 달려 나갔다.

그렇게 달리기를 한 식경이 지나고 의협대 주변을 엄호하는 개방도들의 숫자가 확연히 줄어들어 있었다.

'금방이다.'

"속도를 늦춥니다! 주변 경계!"

서윤이 다급하게 외치며 속도를 확 늦췄다.

그에 대원들 역시 마찬가지로 속도를 늦추며 주변을 경

계했다.

천천히 나아가는 서윤과 의협대.

적진 한가운데에서 서로를 의지하며 나아갈 수밖에 없는 상황이 긴장감을 더욱 높이고 있었다.

그때였다.

서윤과 의협대를 향해 빠르게 달려오는 한 무리가 느껴졌다.

그에 서윤과 의협대는 긴장한 채로 방어 태세를 취했다.

[나야! 내 뒤에 잔뜩 붙었어!]

때마침 들려온 서시의 전음에 서윤이 기운을 잔뜩 끌어올렸다.

그리고 잠시 후.

팟!

"공격해!"

우측 숲에서 서시가 땅을 박차고 튀어 나오며 소리쳤다. 그리고 그와 동시에 서윤이 주먹을 내질렀다.

콰콰콰콰!

서윤의 주먹은 서시를 지나 뒤쪽을 가격했다.

그러자 그녀의 뒤를 따라 오던 적들 중 다섯 명이 일격에 쓰러져 나뒹굴었다.

서윤의 공격이 신호탄이 되어 의협대도 일제히 적들을 공격하기 시작했다.

퍼퍼퍼퍽!

많은 수의 적이 튀어나와 의협대와 뒤엉키며 난전이 벌어졌다.

서윤은 정신없이 주먹을 휘둘렀다.

많은 진기를 싣지 않은 채 간결한 초식으로 적들을 때려눕혔다.

설시연 역시 날카롭게 검을 휘두르며 적들을 베어 넘겼다.

대원들도 힘을 내고 있었으나 적들은 마치 밀물이 밀려오듯 끊임없이 나타났다.

"으라라라랏!"

위지강이 기합과 함께 연신 주먹을 휘둘렀다. 그러자 그의 주먹에 맞은 적들이 속수무책으로 쓰러졌다.

"이봐요! 내 주먹 세다니까요?"

그 정신없는 상황에서도 위지강이 농을 던졌다. 그러자 근처에 있던 영호광이 딱딱하게 굳은 얼굴을 하고는 그를 향해 빠르게 다가왔다.

"뭐, 뭐야!"

분위기에 맞지 않는 농담 때문에 영호광이 화난 것으로 생각한 위지강은 재빨리 몸을 움츠렸다.

하지만 영호광의 주먹은 위지강을 지나 뒤쪽으로 뻗어나갔다.

퍽!

"헛소리할 정신 있으면 뒤쪽도 좀 신경 써!"

그렇게 소리친 영호광이 다시금 옆에서 달려드는 적을 향해 주먹을 휘둘렀다.

"치면서 빠져나갑니다!"

서윤의 외침에 의협대원들이 일사불란하게 적들을 공격하며 원래 나아가던 방향으로 조금씩 움직였다.

전방에서는 서윤이 확실하게 적들을 쓰러뜨리고 있었고 측면에서는 설시연과 천보가 위력을 발휘하고 있었다.

서윤의 움직임은 전방에만 국한되어 있지 않았다.

전방은 물론 측면까지 종횡무진이었다.

퍼퍽!

순식간에 두 명을 쓰러뜨린 서윤의 시야에 무언가가 들어왔다.

그에 서윤은 주먹을 휘둘러 길을 뚫은 뒤 재빨리 그쪽으로 다가갔다.

"뒤쪽!"

정천(正賤)이라는 대원에게 다가간 서윤은 짧게 소리치며 그의 팔을 강하게 잡아끌었다.

쉬익!

그러자 정천이라는 대원이 있던 자리로 검이 내리꽂혔고 서윤은 그 틈을 타 검을 휘두른 적을 향해 주먹을 뻗었다.

쾅!

짧고 강하게 뻗었지만 그 위력은 상당했다.

서윤의 주먹에 맞은 적의 몸이 기역 자로 꺾이며 날아갔고 몇 명의 적이 갑자기 날아든 동료 때문에 바닥에 나뒹굴었다.

대원을 구한 서윤은 지체하지 않고 다시 신형을 옮겼다.

또다시 두 명의 대원을 구해낸 서윤은 이를 악물었다. 대원들 누구 한 명이라도 다치게 두지 않을 생각이었다.

서윤이 종횡무진 휘젓고 다닌 덕분에 밀려드는 적들의 기세가 조금 줄어 있었다.

"다시 갑니다!"

서윤의 외침에 의협대는 적들을 경계하며 조금 더 속도를 높일 수 있었다.

기세가 많이 죽었다고는 하나 워낙 숫자가 많은 터라 적들의 공격은 계속되고 있었다.

하지만 한데 뭉친 의협대는 그런 적들의 공격을 효과적

으로 막아내며 앞으로 나아가고 있었다.

쐐에에엑!

그때 선두에 선 서윤을 향해 위력적인 공격 하나가 날아들었다.

지금까지와는 차원이 다른 위력의 공격에 서윤이 급하게 멈춰 서며 주먹을 뻗었다.

꽝!

묵직한 충격이 손을 타고 올라오자 서윤이 인상을 찌푸렸다.

대비할 수 있는 시간이 짧아 제대로 받아치지 못했다고는 하나 이 정도 위력일 줄은 생각지 못한 서윤이었다.

"혈루문이야!"

쉴 새 없이 적들 사이를 누비던 서시가 서윤에게 소리쳤다. 전날 상대한 적의 옷에 있던 문양을 기억하고 있던 것이다.

"내 동생이 죽었다지?"

서윤에게 도를 휘두른 사내가 낮은 목소리로 말했다. 그러자 그의 뒤쪽에 서 있던 혈루문의 문도들의 몸에서 짙은 살기가 흘러 나왔다.

아직도 적들은 의협대를 공격하고 있는 상황.

서시와 설시연이 주도하며 적들의 공격을 막아내고는 있

다지만 이 이상 시간을 끌 수는 없었다.

'속전속결로 간다.'

서윤이 진기를 끌어 올렸다.

처음부터 강하게 나갈 생각이었다.

크와아아앙!

서윤이 주먹을 뻗자 사방을 울리는 포효 소리가 터져 나왔다.

처음부터 광풍난무를 펼친 것이다.

사실 귀주성에 들어온 이후 서윤은 난마광풍이나 광풍 난무의 초식을 쓰지 않을 생각이었다.

워낙 소리도 크고 위력이 강해 자칫 멀리 있는 적들의 시선까지 끌 수 있기 때문이었다.

그렇게 되면 자신들을 엄호하는 개방도들까지도 더 위험해질 수 있었다.

하지만 지금은 어쩔 수가 없었다.

조금이라도 빨리 앞을 뚫고 나가야 하는 상황이었다.

광풍난무로 쏘아 보낸 강한 기운이 정면으로 사내를 향해 날아갔다.

그에 사내는 눈을 한차례 빛냈다.

"하압!"

기합과 함께 몇 차례 힘 있게 휘둘러지는 도.

그러자 놀랍게도 서윤의 기운이 그대로 파훼되었다.

'이리도 쉽게.'

서윤은 내심 놀랐다.

강기도 아니었고 그렇다고 전력을 다한 건 아니라지만 단 한 수에 파훼될 줄은 몰랐던 것이다.

서윤은 더욱 기운을 끌어 올렸다.

내디딘 다리에 힘을 주는가 싶더니 어느새 상대를 향해 쏘아져 나가고 있었다.

찰나의 순간 최고 속도에 오를 정도로 극에 오른 쾌풍보였다.

섬광처럼 접근한 서윤이 진기를 잔뜩 머금은 주먹을 뻗었다. 상대가 손을 쓸 틈도 없어 보였다.

하지만 상대는 너무나 자연스럽게 뒤쪽으로 물러나며 다시금 도를 휘둘렀다.

공격이 무위로 돌아갔음에도 서윤은 당황하지 않고 쾌풍보를 이용해 도를 피해냈다.

그러고는 다시금 땅을 박찼다.

계속해서 밀고 나가는 서윤. 그리고 물러나는 사내.

적들이 조금씩 밀려나는 형국이 되자 의협대가 조금씩 앞쪽으로 나왔다.

서윤이 의도한 바였다.

상대가 강하다는 건 이미 광풍난무를 파훼한 순간 알아차린 상태.

속전속결로 끝낼 수 없다면 계속해서 앞으로 나아가 틈을 만들어야 했다.

하지만 사내의 반격이 만만치 않았다.

부우욱!

마치 허공을 찢듯 묵직하게 휘둘러지는 도는 서윤을 끊임없이 위협했다.

하지만 서윤은 눈 하나 깜짝하지 않고 상대의 공격을 피해내며 주먹을 뻗었다.

상황이 의도한 대로 흘러가지 않고 있기 때문인지 사내의 아미가 잔뜩 찌푸려졌다.

"합!"

사내가 다시 한 번 기합과 함께 도를 휘둘렀다.

짧게 휘두른 도에서 붉은 섬광이 쏟아져 나왔다.

지근거리에서 쏟아져 나온 도기는 서윤을 쪼갤 듯한 기세를 뿜어냈다.

서윤은 피할 수가 없었다.

뒤쪽에 대원들이 있었기 때문이었다.

피하는 대신 진기를 끌어 올린 서윤이 풍절비룡권의 절초들을 뿜내듯 꺼내 놓기 시작했다.

콰콰쾅!

사내의 도기에 맞서 서윤의 주먹이 연이어 뻗어 나갔다.

응축된 기운이 터져 나갔고 도기는 흔적도 없이 사라졌다.

'헛!'

흩어지는 붉은 기운 뒤에서 묵빛의 날카로운 도신이 서윤의 코앞에 나타났다.

신속하고 강한 대처.

서윤은 깜짝 놀라며 주먹을 위로 쳐올렸다.

쾅!

다시 한 번 묵직한 진동이 주먹을 타고 어깨까지 흘러왔다.

서윤이 쳐올린 주먹과 충돌한 사내의 도가 거칠게 튕겨 올라갔다.

훤하게 드러나는 몸통.

서윤은 아직 저릿저릿한 주먹을 다시금 휘둘렀다.

쾅!

정확하게 틀어박히는 서윤의 주먹.

사내가 마치 강하게 던진 돌멩이처럼 뒤쪽으로 튕겨졌다.

그에 뒤쪽에 서 있던 혈루문의 문도들이 그의 몸을 받

아들기 위해 한데 모였다.

"으악!"

하지만 날아든 사내의 몸은 문도들이 받아내기에 버거운 힘이 실려 있었고 그대로 깔린 문도들 몇 명이 비명을 질렀다.

잠깐의 혼란이 적진에 찾아들자 서윤은 다시 한 번 빠르게 그 틈을 파고들었다.

자신들 한가운데에 나타난 서윤을 본 혈루문도들은 순간 당황했으나 이내 들고 있던 도를 일제히 휘둘렀다.

팟!

서윤의 몸을 난도질하려던 적들의 도는 허공을 갈랐다.

그중 일부는 동료를 베기도 했다.

땅을 박차고 뛰어올라 공격을 피해낸 서윤은 아래로 떨어지는 힘을 이용해 진기를 머금은 주먹을 휘둘렀다.

쾅!

서윤은 주변의 기운을 빨아들여 응축했다가 땅을 내려치는 순간 터뜨렸다.

그러자 상당한 위력의 충격파가 발생했고 가까운 거리에 있던 혈루문도들이 튕겨 나가며 다른 문도들과 뒤엉켰다.

그 때문에 문도들이 들고 있던 도에 상당수가 목숨을 잃었다.

쐐에에엑!

서윤의 뒤통수 쪽에서 빠르고 묵직한 공격이 날아들었
다.

그에 서윤은 그대로 허리를 굽혀 도를 피해냈다.

서윤의 머리 위를 지나가는 도.

그 순간 서윤은 땅을 박차고 뒤쪽으로 신형을 튕기고는
몸을 비틀며 주먹을 뻗었다.

어느새 서윤의 주먹에는 푸른 강기가 덧씌워져 있었다.

콰앙!

서윤의 주먹이 사내의 몸에 그대로 꽂혔다.

아니, 꽂혔다고 생각했다.

하지만 서윤의 공격은 갑자기 둘 사이에 나타난 무언가
에 의해 가로막혔다.

그렇다고는 해도 강기에 의한 공격이었기에 사내는 큰
충격을 받고 뒤쪽으로 날아가 바닥에 나뒹굴었다.

서윤은 인상을 찌푸렸다.

사내 외에 고수는 없을 것이라 생각했건만 방금 전 자신
의 공격을 막아낸 또 다른 누군가가 나타난 것이다.

서윤이 자세를 바로하고 자신의 공격을 막은 자를 응시
했다.

방금 전 사내와 비슷한 인상을 가진 중년인이었다.

"아들 두 놈이 다 당하는군."

'문주인가?'

사내를 아들이라 하는 걸 보니 혈루문의 문주인 모양이었다.

확실히 문주답게 방금 전 사내가 뿜어내던 기운보다 더 강한 기운이 뿜어져 나오고 있었다.

"사천으로 가는 길이겠지? 우리는 호남성으로 가는 길인데."

'역시.'

혈루문주의 말에 서윤은 진걸개의 말이 사실이었다는 걸 깨달았다.

"누가 이곳을 통과할 수 있는지 지켜보지."

그렇게 말한 혈루문주가 붉은 날을 가진 도를 서윤에게 겨누었다.

그러는 사이 의협대를 공격하던 적들은 모두 정리가 되어 있었다.

치열했던 전투를 끝낸 대원들은 서윤과 혈루문주의 대치를 긴장한 표정으로 지켜보고 있었다.

서윤이 슬쩍 뒤를 돌아보았다.

대원들은 긴장한 듯 보였지만 그렇다고 걱정하는 표정은

아니었다.

서윤이라면 당연히 이길 거라고, 이 난관을 뚫어낼 거라고 믿는 눈치였다.

그런 시선을 보니 서윤은 절로 입가에 미소가 번졌다.

그 미소는 의협대원들에게는 기분 좋은 미소였지만 마주하고 있는 혈루문주에게는 심기를 건드리는 미소였다.

"여유가 있군."

"여기를 지나가는 건 우리가 될 것이오."

"그렇게 자신하다가 죽으면 저승 가는 길에 후회만 남을 텐데."

"지나가 보시든가."

서윤이 혈루문주를 도발했다.

그러자 혈루문주는 가만히 그를 바라보다가 웃음을 터뜨렸다.

"정도에서 나름 떠받들어 준다고 기고만장하군. 눈에 보이는 건 마교주뿐이라는 건가?"

"말이 많아!"

선공은 서윤의 몫이었다.

혈루문주의 말이 끝나기가 무섭게 치고 나가는 서윤의 주먹에는 강기가 씌워져 있었다.

"이노옴!"

혈루문주가 기운을 끌어 올리며 도를 휘둘렀다.

그의 도에는 마치 불꽃처럼 보이는 붉은 강기가 덧씌워져 있었다.

콰앙!

서윤의 주먹과 혈루문주의 불꽃 강기가 강하게 충돌했다.

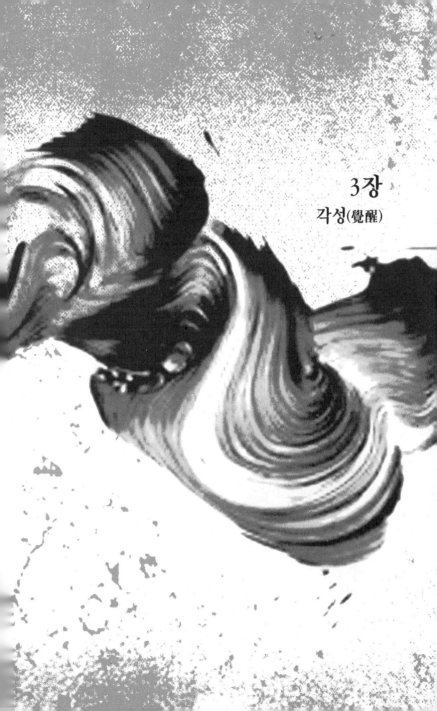

3장
각성(覺醒)

風神徐閏
풍신서윤

　서윤과 의협대는 혈루문과의 싸움이 벌어진 곳에서 약 삼 리 정도 떨어진 곳에 와서야 휴식을 취했다.

　크게 다친 곳이 있는 대원들은 없었지만 다들 많이 지친 상태였다.

　특히나 마지막 서윤과 혈루문주의 싸움은 지켜보는 것만으로도 지치게 만들 정도로 숨 막히는 전투였기에 대원들이 느끼는 피로도는 더 심했다.

　대원들이 저마다의 방법으로 휴식을 취하고 있을 때 천보는 곧장 운기에 들어갔다.

서윤과 혈루문주의 전투에서 설시연과 서시를 도와 전면에 나서 충격파를 막아냈던 그였다.

그때 천보는 무아지경 속에서 자신이 익힌 모든 것을 쏟아부었다.

처음에는 자신이 익힌 선천나한십팔수의 성질을 떠올리며 막아내는데 도움이 되어야겠다는 생각으로 무작정 앞으로 나섰다.

뒤쪽에 있을 때보다 앞쪽에 나서서 날아오는 충격파를 느껴 보니 더욱 어마어마했다.

하지만 될까? 혹은 안 되면 어쩌지? 하는 생각 같은 건 없었다.

두려움 같은 것도 없었다.

그냥 자신도 모르게 선천나한십팔수를 펼치고 있었고 무아지경의 상태에 들어갔다.

그러면서 천보는 자그마한 깨달음을 얻었다.

지금까지 겪은 경험이 바탕이 되었음은 물론이었다. 지금은 그것을 자신의 것으로 만드는 중이었다.

가장 가까이에서 그것을 지켜본 설시연과 서시는 그런 천보의 변화를 알고 있었고 지금은 조용히 속으로 그를 응원하고 있었다.

　　　　　　*　　　　　*　　　　　*

　대원들과 조금 떨어진 곳.

　서윤은 홀로 심각한 표정으로 무언가를 생각하고 있었다. 그런 그에게 설시연과 서시가 다가왔다.

　"무슨 생각해요?"

　"아무래도 개방이 걱정됩니다."

　서윤의 말에 설시연도 고개를 끄덕였다.

　혈루문과의 싸움으로 분명해진 것은 저들은 쳐들어온 자신들을 막으려는 것이 아니라 정도 무림을 향해 진격 중이었다.

　작정하고 나선 적들을 개방 혼자만의 힘으로 막아내기에는 역부족일 터.

　서윤이 걱정하는 것은 당연한 일이었다.

　"어떻게 할 생각이야?"

　서시의 물음에 서윤이 그녀를 바라보았다.

　"그러게… 고민 중이야."

　"짧게 끝내야지. 원래대로 사천으로 진격하든 이곳에서 호남성으로 넘어가려는 적들을 막든."

　서시의 말에 서윤이 고개를 끄덕였다.

　눈치 빠른 그녀는 자신이 무엇을 고민하는지 정확히 짚

어내고 있었다.

"하지만 여기까지 와서 다시 사천으로 돌아가는 건 무리 아니겠어요? 뒷일은 제갈 군사님이나 후개에게 맡기는 게 나을 것 같은데."

"저도 비슷한 생각이에요. 그런데 이곳에 와 있는 개방도들이 위험할 걸 알면서도 그냥 두고 봐야 하나 하는 생각도 드네요."

"어차피 위험을 감수하고 한 일이에요. 만약 여기서 우리가 사천으로 가지 않으면 이미 죽은 개방도들은 뭐가 되나요?"

설시연의 말에 서시가 작게 '오~!' 하며 감탄했다. 설시연의 말에는 힘이 있었고 설득력이 있었다.

"듣고 보니 그러는 게 맞겠네. 뒷일은 죽이 되든 밥이 되든 그들에게 맡기고 우리는 나아가야지. 사천 쪽 힘이 필요하다며. 여차하면 세가들 힘을 뒤로 당기지 않겠어?"

서시까지 설시연의 의견에 동의하고 나서자 서윤도 결심한 듯 고개를 끄덕였다.

"좋아요. 대원들을 좀 모아 주세요."

서윤의 말에 고개를 끄덕인 설시연이 대원들이 있는 쪽으로 발걸음을 옮겼다.

다들 한 공간에서 흩어져 휴식을 취하고 있었기에 따로

불러 모을 것까지도 없었다.

하지만 설시연의 얘기에 운기 중인 천보를 제외한 나머지 대원들은 한데 모였다.

모두 모이자 서윤이 대원들 앞에 섰다.

진지한 그의 표정에서 가볍지 않은 이야기가 나올 것을 직감한 대원들의 표정에서도 웃음기가 사라져 있었다.

"분위기는 대충 짐작했으리라 생각합니다. 앞으로 사천까지 가는 길이 굉장히 험난할 것 같습니다."

서윤의 말에 대원들 몇몇이 고개를 끄덕였다. 혈루문과의 싸움 이후 다들 같은 생각을 하고 있었다.

"개방의 도움을 받기에도 어려울 듯합니다. 그들은 최대한 우리를 도우려 하겠지만 그럴 여력이 없을 것으로 판단됩니다. 그 말은 앞으로 우리 앞에 나타나는 적은 우리 손으로 처리해야 한다는 뜻입니다. 직전과 같은 싸움이 사천까지 가는 동안 계속될 것이고 사천에 도착해서도 계속될 겁니다."

서윤은 가감 없이 있는 그대로 말했다.

그러자 대원들은 더욱 심각해진 표정으로 서윤의 이야기를 듣고 있었다.

"지금까지는 내가 위험한 동료를 도울 수도 있고 동료가 위험한 나를 도울 수도 있었습니다. 하지만 앞으로는 그러기가 어려울 수 있습니다. 그러니 각자 최대한 집중하고 긴장해야 합니다."

서윤의 말에 특히 위지강이 침을 삼켰다. 영호광으로부터 한 번 구함을 받은 적이 있기 때문이었다.

그 밖에도 서윤에게 도움을 받은 몇몇 대원의 표정도 딱딱하게 굳어 있었다.

"돕지 않겠다는 것이 아닙니다. 지금까지는 도울 수 있었지만 앞으로는 도울 수 없는 상황이 올 수 있다는 걸 미리 얘기하는 겁니다."

서윤이 다시 한 번 강조하자 대원들이 고개를 끄덕였다.

그런 대원들을 바라보던 서윤이 운기 중인 천보를 바라보았다.

"좋은 일이군요. 그에게도 대원들에게도."

서윤이 중얼거리자 대원들 몇 명이 천보 쪽을 바라보았다. 천보는 처음 운기를 시작할 때와 마찬가지로 평온한 표정을 한 채 운기 중이었다.

언뜻 즐거워하는 기색이 보이는 것 같기도 했다.

"부대주는 지금 하나의 벽을 넘는 중입니다. 이처럼 위기는 곧 기회가 될 수 있음을 명심하십시오."

"네!"

벽을 넘는 중이라는 서윤의 말에 대원들은 놀라면서도

진심으로 기뻐하는 표정으로 천보를 바라보았다.

동료의 성장을 부러워만 하기보다는 내 일처럼 기뻐하고 축하해 줄 수 있는 마음을 가진 대원들이었다.

"좀 더 쉬겠습니다. 최대한 체력과 내력을 회복해 두십시오. 될 수 있으면 운기를 하시기 바랍니다."

서윤의 말에 대원들이 다시 곳곳으로 흩어졌다.

곧바로 운기에 드는 대원들이 있는가 하면 앉거나 누워 체력을 보충하는 대원들도 있었다.

"부디 큰 고비가 없어야 할 텐데."

대원들을 바라보던 서윤이 나직이 중얼거렸다.

*　　　　*　　　　*

"뭐? 소식이 끊겨?"

후개가 놀란 표정으로 수하에게 물었다.

회화현을 떠나 섬서성으로 이동하던 찰나에 들은 예상 밖의 보고였다.

"예. 귀주성은 완전히 끊겼습니다. 다른 곳은 아직 연결이 됩니다."

"다른 곳의 상황은?"

"좋지 않습니다. 적들의 반격이 거셉니다."

보고를 들은 후개가 고개를 저었다.

"반격이 아니야. 진격이지. 곧장 무림맹에 연통을 넣어라. 나도 무림맹으로 가겠다."

"예. 알겠습니다."

수하를 보낸 후개가 급하게 방향을 틀어 무림맹 쪽으로 발걸음을 옮겼다.

"부디 버텨주시오."

후개가 나직이 중얼거리며 경공을 최대한으로 펼치기 시작했다.

후개가 수하로부터 보고를 받고 얼마 지나지 않아 제갈공 역시 같은 보고를 받았다.

보고를 들은 그의 표정은 딱딱하게 굳어 있었다.

"예상이 크게 빗나가지 않았군."

후개와 달리 제갈공은 이 모든 것을 짐작하고 있었다는 듯 고개를 주억거리며 보고서를 내려놓았다.

"황보가주, 부디 계획대로 잘 진행해 주시길 바랍니다."

그렇게 중얼거린 제갈공의 눈동자에 간절함이 묻어나고 있었다.

*　　　　　*　　　　　*

황보진원이 이끄는 황보세가의 전력은 중경 남부를 지나고 있었다.

　남궁진혁의 남궁세가는 중경을 통해 사천 동쪽 끝자락을 지나 감숙으로 향하고 있었고 팽가는 일직선으로 주파해 사천 중부를 돌파할 생각이었다.

　황보세가는 계속해서 남하하고 있었는데 그 방향이 사천성이 아닌 귀주성 쪽이었다.

　"서윤이 있다고는 하나 의협대와 개방의 힘만으로는 어려울 겁니다. 팽가가 빠르게 중경을 지나 사천으로 들어서면 황보세가는 귀주성에서 의협대와 조우해야 합니다. 적들은 반격이 아니라 진격해 올 것입니다."

　제갈공의 말을 떠올린 황보진원은 발걸음을 재촉하고 있었다.

　조금 전에도 또 한 차례 전투를 치른 황보세가였다.

　중경에 들어와 귀주성이 가까워지면서 점차 전투를 치르는 횟수는 물론이고 적들의 기세나 전력도 강해지고 있었다.

　"서둘러라! 한시라도 빨리 의협대와 만나야 한다!"

황보진원의 재촉에 황보세가 무인들이 더욱 힘을 내며
속도를 높였다.

하지만 처음 세가를 떠나온 이후 강행군을 치른 탓에
세가 무인들의 체력과 정신력은 많이 떨어져 있었다.

황보진원은 그런 것을 충분히 알면서도 재촉해야 하는
상황이 안타까웠지만 지금으로서는 어쩔 수가 없었다.

그렇게 반 시진 정도 더 이동을 한 뒤 황보진원은 무인
들에게 휴식을 주었다.

무인들이 많이 지쳐 있기도 했지만 이쯤에서 개방으로
부터 소식을 전해 들어야 하기 때문이었다.

휴식을 취한 지 한 식경쯤 흐르자 역시 개방에서 사람
이 왔다.

황보진원의 앞에 나타난 개방도는 많이 지친 기색이었
다. 황보세가 역시 이곳까지 오면서 몇 차례 싸움이 있었기
에 그가 얼마나 힘들게 여기까지 왔는지 짐작하고도 남았
다.

"고생이 많았네."

"아닙니다."

아니라고는 하지만 개방도는 대답하는 것도 힘들어 보
였다. 그에 황보진원은 잠시 그가 숨 돌릴 틈을 주었다.

약간의 시간이 지나자 개방도는 좀 살겠다는 표정을 지

었다.

"이제 괜찮은가?"

"예, 감사합니다."

"그럼 이제 얘기해 보게."

"네. 우선 팽가와 남궁가는 수월하게 계획대로 이동 중입니다."

"다행이군. 귀주성 쪽 상황은?"

"좋지 않습니다. 생각했던 것보다 귀주성의 상황이 더 좋지 않아 연락이 끊어진 상황입니다."

"끊어졌다고?"

"예."

"의협대는?"

"마지막으로 혈루문이라는 곳과 일전을 벌인 것으로 확인 되었으나 그 이후에는 알 수 없습니다."

"혈루문!"

황보진원이 놀란 표정을 지었다.

혈루문은 마도 내에서도 제법 강한 문파 중 하나였다. 지금은 어떤지 알 수 없으나 분명 과거에 이름을 떨친 문파인 것은 확실했다.

"결과는? 어떻게 되었다고 하던가?"

"마지막으로 받은 전갈에 결과는 없었습니다."

"뭐라?"

개방도의 대답에 황보진원의 두 눈이 크게 뜨였다. 결과를 알 수 없다니.

"혹시라도 잘못된 건 아닌가 모르겠군."

서윤이 있기에 일말의 희망을 가지고는 있었지만 장담할 수는 없었다.

어쨌든 혈루문은 강한 문파이고 서윤이 있다 하나 의협대는 하나의 대대이기 때문이었다. 수적인 면에서 상대가되지 않았다.

"후… 부디 무사해야 할 텐데."

"저희도 그러길 바라고 있습니다. 최대한 빠르게 연락망을 복구하기 위해 노력 중이니 다른 소식이 들어오는 대로전달해 드리겠습니다."

"고생 좀 해주게."

"예."

보고를 마친 개방도가 크게 한숨을 한 번 쉬었다. 다시돌아갈 생각을 하니 막막했던 까닭이었다.

그러더니 이내 다시 발걸음을 재촉하며 그 자리에서 사라졌다.

황보진원은 멀어지는 개방도를 잠시 동안 안타까운 눈빛으로 바라보았다.

                    *   *   *

　서윤과 의협대는 다행히도 적들이 나타나지 않아 한 시
진가량 충분한 휴식을 취했다.

　체력과 기력을 회복한 대원들의 얼굴에는 기운이 충만
했다. 특히 운기를 마친 천보의 얼굴은 더욱 그러했다.

　하나의 벽을 뛰어넘은 천보는 기도부터가 달라져 있었
다.

　차분한 기도 속에서도 그 위압감이 자연스럽게 흘러나
오고 있었는데, 이는 고수의 길에 접어들었음을 뜻하는 것
이었다.

　"축하합니다."

　서윤이 천보에게 다가가 말했다. 그에 천보가 인자한 미
소를 지으며 말했다.

　"작은 벽 하나를 넘은 것에 불과합니다."

　"작은 벽도 벽은 벽이지요. 넘는 것이 쉬운 벽은 없습니
다."

　서윤의 말에 천보가 다시 미소를 지었다. 전과 달리 지
금의 미소는 더욱 불제자 같아 보였다.

　"그래도 이제는 자그마한 도움이 될 수 있을 것 같아 다

행스럽게 생각합니다."

"작은 도움이라니요. 큰 도움이 될 겁니다. 저도 짐을 조금은 덜 수 있을 것 같고요."

서윤이 웃으며 말했다.

"그러기를 바랄 뿐입니다."

천보가 합장하며 대답했다. 그에 미소와 함께 고개를 끄덕인 서윤이 대원들을 보며 말했다.

"사천까지 가는 길에 제대로 쉴 수 있는 현이 없습니다. 힘들겠지만 다들 기운 내주십시오."

"예!"

대원들이 힘차게 대답하자 서윤도 만족스러운 웃음을 보이고는 다시 말했다.

"출발하겠습니다!"

의협대의 진격 속도는 많이 느려져 있었다.

개방의 도움을 받기 어려운 만큼 앞만 보고 달려갈 수는 없는 노릇이기 때문이었다.

서쪽으로 가면 갈수록 길은 더욱 험해졌다.

점차 지대가 높아졌고 숲이 울창해졌으며 습도도 높아져 갔다.

그러다 보니 이동하는 것만으로도 상당한 체력이 소모

될 수밖에 없었다.

대원들의 집중력이 흐트러질 수밖에 없는 환경.

서윤은 더욱 긴장하며 주변을 살폈다.

만약 자신이 적이라면 이런 때를 노릴 것이라는 생각이 들었기 때문이었다.

발걸음을 내딛는 서윤의 눈동자가 더욱 날카로워졌다.

설시연과 서시, 그리고 천보 역시도 주변에 대한 경계심을 높이고 있었다.

특히나 서시는 살수 특유의 감각을 이용해 주변의 움직임을 꼼꼼하게 살피고 있었다.

그러던 어느 순간.

서윤이 손을 들어 대원들을 멈춰 세웠다.

그에 바짝 긴장한 대원들이 주변을 잔뜩 경계하며 멈춰섰다.

"잠시 대기."

그렇게 말한 서윤이 천천히 앞쪽으로 향했다.

울창한 나무들 사이로 얼핏 넓은 평지가 보였는데, 그곳에서 심상치 않은 느낌을 받았기 때문이었다.

서윤은 진기를 끌어 올리며 천천히 발걸음을 옮겼다.

그러면서 중간중간 뒤쪽을 돌아보며 대원들의 상황을 살피는 것도 잊지 않았다.

나무들 사이를 지나 평지에 도착한 서윤은 놀라지 않을 수가 없었다.

시체들이 즐비했는데 그들 대부분이 개방도였기 때문이었다.

적으로 보이는 시체들도 있었으나 그것은 일부에 지나지 않았다. 얼핏 봐도 상당수의 개방도들이 죽어 있었으나 적의 시체는 그에 한참 못 미치는 숫자였다.

서윤은 조심스럽게 시체 쪽으로 다가갔다. 그러고는 시신의 목을 살짝 돌려 보았다.

그러자 시신의 목이 힘없이 돌아갔다.

'아직 사후경직은 없다. 오래되지 않았어.'

보통 사람이 죽고 한 시진 정도가 지나야 사후경직이 일어난다.

턱과 목부터 경직이 오기 시작하는데 아직 목이 돌아간다는 건 사후경직이 일어나지 않았다는 것과 같았다.

즉, 눈앞에 펼쳐진 참사가 발생한 지 한 시진이 지나지 않았으며 적들이 멀리 있지 않다는 뜻이기도 했다.

주변을 한 번 살핀 서윤은 서둘러 다시 대원들이 있는 곳으로 돌아왔다.

"전투가 있었던 모양입니다. 시신이 많아요."

서윤의 말에 설시연이 놀란 표정을 지었다.

"대부분이 개방도들. 적의 시신은 많지 않습니다. 일방적으로 당했다는 뜻입니다. 사후경직도 일어나지 않은 걸 보니 오래 되지 않았고 가까운 곳에 적들이 있을 가능성이 높습니다."

"내가 살펴볼게."

서윤의 말에 서시가 짧은 말을 남기고는 그 자리에서 사라졌다.

지금 같은 순간에 은밀하게 움직이며 주변을 살펴볼 수 있는 서시의 능력은 꼭 필요한 것 중 하나였다.

"잠시 이곳에서 쉬겠습니다. 긴장을 풀지는 마십시오. 반은 쉬고 반은 경계를 섭니다."

서윤의 말에 대원들이 알아서 휴식조와 경계조를 나누었다. 설시연과 서윤 역시 기감을 펼쳐 주변을 경계하고 나섰다.

약 한 식경 정도가 흐른 후 서시가 돌아왔다.

"반경 육십 장 안에 적은 없어. 다른 곳으로 이동한 모양이야."

서시의 말에 서윤은 다행이라는 듯 고개를 끄덕였다. 그러고는 나무에 가려 잘 보이지 않는 공터 쪽을 바라보았다.

"너무 많은 피해를 입었어."

"어쩔 수 없는 일이잖아. 각오했던 일이고. 우리는 우리 할 일만 하면 돼."

"맞아요. 안타까운 건 알지만 지금은 너무 거기에 얽매이면 안 돼요."

"알아요. 걱정 말아요. 반 시진만 더 쉬고 다시 이동하죠."

"쉬고 있어. 난 시신들 좀 살펴보고 올 테니까."

서시의 말에 고개를 끄덕인 서윤도 한쪽에 있는 거목 밑에 털썩 주저앉았다.

"운기라도 좀 하는 게 어때요? 지금까지 제대로 쉬지도 못했잖아요."

"괜찮아요."

걱정스럽게 말하는 서시를 보며 서윤은 미소를 지으며 말했다.

하지만 설시연은 여전히 걱정스러운 시선으로 서윤을 보았다.

혈루문주와의 싸움 이후 몇 번의 휴식이 있었지만 서윤은 운기 한 번 하지 않았다.

그 싸움에서 진기의 소모가 많았기에 한 번은 운기를 통해 소모된 진기를 보충해 주어야만 했다.

"이번에는 말 들어요. 내가 호법 설 테니."

"난 괜찮으니 누이부터 해요. 전 다음에 쉴 때 할게요."

"정말 말 안 듣는 건 천하제일이네요."

"앞으로는 말 잘 들을 테니 얼른요."

"후… 알았어요."

서윤의 말에 설시연이 어쩔 수 없다는 듯 한숨을 쉬며 가부좌를 틀고 운기에 들어갔다.

그 모습을 바라보던 서윤이 대원들을 한 번 훑고는 서시가 향한 공터 쪽을 바라보았다.

몸이 실혼인화되어 굳이 쉬거나 운기하지 않아도 된다고는 하지만 서윤이 보기에 서시는 무리다 싶을 정도로 휴식을 취하지 않고 있었다.

'나와 엮이지 않았다면……'

서윤은 그녀를 보며 운명이 기구하다는 생각을 했다.

폭렬단에서 자신을 찾아달라는 의뢰를 넣지 않았다면, 그리고 봉황곡이 자신을 찾아내지 못했더라면 어땠을까 하는 생각이 들었다.

그랬다면 그녀 역시 봉황곡을 이끌며 예전처럼 살수의 길을 걷고 있지 않을까 하는 생각이 들었다.

그런 생각을 하던 서윤의 얼굴이 별안간 딱딱하게 굳었다.

'살기.'

분명 살기였다.

그리고 그 살기는 서시가 있는 공터 쪽에서 느껴지는 것이었다.

자신이 느꼈다면 서시 역시 살기를 느꼈을 터.

서윤은 운기 중인 설시연을 바라보았다. 그러고는 시선을 돌려 천보 쪽을 바라보았다.

다행히 천보는 경계조에 포함되어 운기를 하지 않고 있었다.

[살기가 느껴집니다. 대원들에게 경계하라 이르고 누이를 좀 부탁합니다.]

[알겠습니다.]

서윤의 전음에 천보가 고개를 끄덕이고는 대원들에게 말을 전했다.

그러자 휴식을 취하던 대원들이 모두 일어나 주변을 경계하기 시작했고 천보는 설시연 쪽으로 다가왔다.

천보가 다가오자 서윤은 곧장 서시가 있는 공터 쪽으로 달려갔다.

역시나 서시도 살기를 느끼고 가만히 서서 주변을 경계하고 있었다.

"한 명이야. 느꼈지?"

"그래, 한 명. 누구지?"

"몰라. 근데 나한테 원한이 있는 모양이야."

서시의 말에 서윤도 살기의 근원지로 예상되는 쪽을 응시했다.

잠시 후, 누군가가 천천히 모습을 드러냈고 서윤의 눈이 커졌다.

죽었다고 들은 매영이 그 자리에 나타난 것이다.

"안녕?"

서윤을 본 매영이 눈웃음을 치며 서윤에게 반가운 척을 했다.

그러자 서시가 인상을 찌푸리며 물었다.

"도대체 여자가 몇 명이야?"

"농담할 상황 아니야. 저 여자다. 네 언니 행세를 했던 여자."

"뭐? 죽은 거 아니었어?"

서시가 놀란 표정을 지으며 물었다. 그러자 매영이 두 사람의 궁금증을 친절하게 풀어 주었다.

"죽을 뻔했지. 전대 교주의 변덕이 아니었으면 난 죽었을 거야. 아니, 가만히 놔둬도 죽을 거라 생각했으니 그냥 놔뒀겠지."

매영의 말에 서윤이 인상을 찌푸렸다.

하지만 매영의 시선은 서윤에게 닿아 있지 않았다. 서시에게 고정되어 있었다.

"너 때문이야."

"나 때문이긴. 네년이 자초한 일이지. 감히 있지도 않은 내 언니 행세를 하고 우리 애들을 죽음으로 몰아?"

서시가 살기를 일으켰다. 그러자 주변의 공기가 차갑게 변했다.

"속은 애들이 멍청한 거지. 안 그래?"

그렇게 말하며 매영이 서윤을 바라보았다. 매영에게 속았던 서윤이었기에 지금 이 순간 화가 끓어오르고 있었다.

"닥쳐 이년아! 어디서 말 같지도 않은 소리를 지껄이고 있어!"

서시가 매영을 향해 한바탕 욕을 퍼부었다.

그에 서윤은 내심 놀라면서도 속이 시원해지는 느낌을 받았다.

"욕 잘하네? 근데 기분 나빠. 앞으로는 더 이상 욕 못 하도록 그 주둥이를 찢어놔야겠어."

매영의 말에 끝나기가 무섭게 그녀의 뒤쪽에서 검은 그림자가 쏟아져 나왔다.

그리고 그들의 목적지는 의협대 쪽이었다.

"어서 가!"

서시의 말이 끝나기가 무섭게 서윤이 대원들이 있는 쪽으로 쏜살같이 달려갔다.

"찢을 수 있으면 찢어봐, 이년아!"

또 한 번 욕을 내뱉으며 서시가 매영을 향해 쏘아져 나갔다.

어느새 그녀의 양손에 들려 있는 두 개의 단검.

빠르게 매영과의 거리를 좁힌 서시가 두 개의 단검을 교차하며 앞으로 휘둘렀다.

깡!

하지만 서시의 일격은 매영에 의해 쉽게 막히고 말았다. 피하면 피했지 막을 것이라고는 생각하지 못했던 서시는 놀란 기색을 숨기지 못했다.

"왜? 놀랐어? 살수라면서 표정에 너무 고스란히 드러나는 거 아냐?"

"너, 뭐야?"

"뭐긴, 너랑 같은 부류지. 아, 실혼인이라는 건 아냐. 그렇다고 힘이 없을 거라 생각하면 오산이고."

매영의 말에 서시가 날카로운 눈빛으로 그녀를 쏘아보았다. 아무래도 쉽게 이길 수 있을 것 같지는 않았다.

대원들은 자신들을 향해 달려드는 검은 그림자들을 보

며 아연실색했다.

그 숫자가 워낙 많아 어떻게 대응해야 할지 알 수가 없었다.

천보 역시 당황스럽기는 마찬가지였다.

설시연이 아직 운기를 마치지 않은 상태였기에 자리를 벗어날 수도 없었다.

이러지도 저러지도 못하고 있을 때, 빠르게 다가온 서윤이 소리쳤다.

"숙여!"

크와아앙!

서윤이 외침과 동시에 공격을 펼쳤다.

허공을 향해 쏟아지는 광풍난무의 초식.

서윤의 주먹에서 뻗어 나간 기운이 검은 그림자의 한가운데를 뚫고 지나갔다.

마치 하늘에 잔뜩 낀 먹구름 사이로 한 줄기 햇빛이 내려오는 것 같은 모습이었다.

하지만 광풍난무의 초식에 의해 생긴 구멍은 금세 검은 그림자로 뒤덮였다.

서윤은 다급했다.

그러고는 진기를 끌어 올리며 연이어 주먹을 뻗었다.

서윤의 등장에 마음을 다잡은 대원들도 쉴 새 없이 주먹을 뻗으며 달라붙는 검은 그림자를 공격했다.

하지만 그 숫자가 워낙 많아 감당하기 버거운 수준이었
다.

서윤이 이를 악물고는 더욱 진기를 끌어 올렸다.

서윤의 하단전과 중단전, 상단전이 서윤의 그런 마음에
발맞춰 힘을 실어 주었다.

무한히 샘솟는 진기.

서윤의 움직임이 더욱 빨라졌다. 아니, 빨라졌다기보다
는 주변이 느려졌다.

'이 느낌······.'

분명 과거에 느껴본 적이 있었다. 실혼인과 처음으로 대
면했던 그날이었다.

하지만 서윤은 감상에 젖어 있지 않았다.

빠르게 움직이며 검은 그림자들을 쳐냈다.

주먹에 실린 진기는 충만했으며 그만큼 위력은 대단했
다.

서윤의 주먹에 맞은 검은 그림자들은 속수무책으로 나
가떨어졌다.

대원들에게 닿으려던 암기들은 서윤의 주먹에 가로막혀
역으로 검은 그림자들을 향해 날아갔고 목 언저리에 닿을
듯 가까웠던 단도들은 그 목적을 이루지 못했다.

서윤은 더욱 집중했다.

대원들 한 명 한 명을 살피며 모든 힘을 쥐어짜 내듯 움직였다.

새까맣던 검은 그림자는 점점 옅어져 회색이 되어갔고 어느덧 그 숫자가 확연히 줄어 있었다.

촤악!

서윤이 멈춰 섰다.

대원들은 믿을 수 없다는 표정으로 서윤을 바라보고 있었다.

한 명도 부상을 입지 않은 건 아니었지만 모두 죽을지도 모를 상황에서 전원이 목숨을 부지하고 있었다.

대원들의 시선이 주변으로 흩어졌다.

하늘을 뒤덮었던 검은 그림자는 어느새 바닥을 뒤덮고 있었다.

그들에게서 생명의 기운은 조금도 느낄 수가 없었다.

차가운 어둠이 바닥에 내려앉아 있었고 그 가운데에 오롯이 서윤만 우뚝 서 있었다.

서윤은 방금 전에 자신이 한 일을 자신도 믿지 못하겠다는 듯 두 눈을 부릅뜬 채 가만히 서 있었다.

하단전, 중단전, 상단전의 진기는 마치 운기를 하고 깨어난 후라고 해도 믿을 것처럼 충만했다.

가만히 서 있던 서윤의 시선이 공터 쪽으로 향했다.

그리고 방금 전에 보인 믿을 수 없는 속도의 움직임으로 그 자리에서 사라졌다.

"뭐가 어떻게 된 거지?"

위지강이 넋이 나간 표정으로 중얼거렸다.

하지만 다른 대원들도 방금 전의 상황을 제대로 설명할 수 없기는 마찬가지였다.

"풍신……."

누군가가 중얼거리듯 풍신이라는 단어를 내뱉었다.

하지만 안타깝게도 얼이 빠진 상태가 된 대원들 중 그 말을 제대로 들은 이는 아무도 없었다.

*　　　　*　　　　*

그그그극!

서시와 매영의 단도가 불꽃을 튀기며 충돌했다. 한 치의 물러섬도 없는 공방이었다.

표정으로 드러나지는 않고 있었으나 서시는 매영의 힘에 내심 놀라고 있었다.

몸이 실혼인화되고 예전과 비교할 수 없는 힘을 가지게 된 후 서시는 어지간해서는 지지 않을 자신이 있었다.

비단 힘만 강해진 것이 아니라 살수로서의 능력도 고스란히 가지고 있었기 때문이었다.

살수는 강공을 펼치지 않는다. 기척을 감추고 기습에 능하기 때문이다. 자연스럽게 근력보다는 순발력, 속도를 키우게 마련이다.

한데 매영은 달랐다. 정상적인 사람이었고 살수였다.

그럼에도 실혼인의 힘을 가진 서시의 힘에 조금도 밀리지 않았다.

그렇다고 확실한 우위를 점하고 있는 것도 아니었지만 그것만으로도 놀랄 만했다.

단검을 맞대고 마주보고 있는 두 사람은 눈싸움을 벌였다.

서로를 노려보며 절대 지지 않겠다는 의지를 고스란히 드러내고 있었다.

"왜? 놀랐어? 한 번 부딪치면 나가떨어질 줄 알았어?"

매영이 조소를 지으며 물었다. 그에 서시의 눈빛이 더욱 차가워졌다.

"네년 뼈까지 다 갈아 없애주마!"

그렇게 말하며 서시가 기운을 끌어 올리고는 강하게 그녀를 밀어냈다.

가볍게 뒤로 밀려나는 매영.

서시의 힘에 밀려났다기보다는 그녀 스스로가 뒤쪽으로 물러났다고 보는 것이 옳았다.

어쨌든 매영을 밀어낸 서시는 땅을 박차고 앞으로 치고 나갔다.

어느새 그녀는 양손에 들고 있던 단검을 거꾸로 쥔 상태였다.

"합!"

서시가 기합과 함께 두 개의 단검을 어지럽게 휘둘렀다.

간결하고 빠르게 휘두르는 단검에는 강한 진기가 실려 있었다.

빠르고 날카롭게 허공을 가르는 두 개의 단검은 앞쪽의 빈틈을 가득 메우며 돌진하고 있었다.

섣불리 막아내다가는 큰 부상을 입을 수도 있는 공격.

하지만 매영의 입가에 피어 있는 미소는 더욱 진해졌다.

매영 역시 기운을 끌어 올렸다.

그러자 그녀의 단검에서 기분 나쁜 검은 기운이 넘실거리기 시작했다.

터터터터텅!

매영의 단검 끝에 맺혀 있던 검은 기운이 빠른 속도로 쏘아져 나왔다.

마치 쉴 새 없이 던지는 암기 같았다.

검은 기운은 서시의 단검이 뿜어내는 기운과 연이어 충돌하며 작은 폭발음을 만들어내었다.

그에 앞으로 진격하는 서시의 속도가 조금 더뎌졌고, 그 틈을 매영이 파고들었다.

"난 알아. 실혼인의 약점을."

서시가 메운 공간을 자신의 기운으로 벌려 낸 매영이 서시의 품을 파고들며 말했다.

공간이 뚫리자 서시는 손에 든 단검으로 매영을 견제하며 뒤쪽으로 물러나려 했다.

"첫 번째. 곡선으로 움직이는 게 어렵지."

그렇게 말하며 매영이 손에 들고 있던 단검을 앞으로 쭉 찔렀다.

그러자 단검에 묻어 있던 검은 기운이 앞쪽으로 쭉 늘어나 서시의 몸통을 찔렀다.

티엉—!

하지만 단단한 서시의 몸은 상하지 않았다.

다만 그 일격에 뒤쪽으로 쭉 밀려났다.

그 정도로 방금 전 매영의 공격은 적절한 순간 펼쳐진 위력적인 공격이었다.

"두 번째."

그렇게 말하며 매영이 서시를 따라붙었다. 중심이 흐트

러진 서시는 어떻게든 빨리 중심을 잡고 반격하려 했으나 몸이 제대로 말을 듣지 않았다.

"생각보다 움직임이 둔하지."

빠르게 서시를 따라붙은 매영이 손을 튕겨 들고 있던 단검을 위쪽으로 던졌다.

공격 중에 무기를 하늘로 던지다니.

서시가 당황해하는 순간 그녀의 가슴팍으로 불쑥 들어오는 것이 있었다.

퍼엉!

정확히 서시의 가슴팍에 틀어박히는 일장.

"컥!"

서시는 숨이 턱 막히는 것을 느끼며 뒤쪽으로 주춤주춤 물러났다.

때마침 내려오는 단검을 낚아 챈 매영이 몸을 빠르게 회전시키며 서시의 목을 노렸다.

쩡!

하지만 서시의 순간적인 방어로 인해 목 가까이 다가갔던 매영의 단검은 막힐 수밖에 없었다.

"쳇, 막았네?"

매영이 아쉬워하며 뒤쪽으로 물러났다.

겨우 단검을 들어 매영의 공격을 막았지만 잠시 숨을 못

쉴 정도의 충격을 받았기에 서시는 반격할 생각도 하지 못했다.

"그리고 세 번째는 너한테만 적용되는 약점인데."

그렇게 말한 매영이 기운을 끌어 올렸다. 손에 든 단검에 집중되는 엄청난 양의 내력.

그러면서도 매영의 시선은 서시에게 고정되어 있었다.

"넌 다른 실혼인에 비해 몸이 그렇게 단단하지 않아. 즉, 깨진다는 뜻이지."

쒜에에엑!

말이 끝나기가 무섭게 매영이 기운을 가득 머금은 단검을 서시를 향해 던졌다.

속도로 따지자면 설시연과 서윤이 경험했던 궁마존의 화살과 비슷한 수준이었다.

던짐과 동시에 서시의 앞에 도달한 매영의 단검.

서시는 들고 있던 단검을 휘두르려 했지만 몸이 말을 듣지 않았다.

두 번의 일격에 내부가 진탕되면서 힘이 빠진 까닭이었다.

다른 때라면 몸으로 버텨볼 생각을 했겠지만 매영이 던진 단검에 실린 힘은 그런 생각도 하지 못할 정도로 상당했다.

서시는 눈을 질끈 감았다.

이대로 당하는구나 싶었다.

그때 그림자 하나가 빠르게 나타났다.

매영이 데려온 그림자들로부터 대원들을 구하고 곧장 달려온 서윤이었다.

마치 순간 이동을 한 것처럼 서시의 앞에 나타난 서윤이 몸을 한 바퀴 돌리며 매영이 던진 단검을 낚아챘다.

맹렬한 기세를 뿜어내며 서시의 코앞까지 날아왔던 단검이 서윤의 손에 얌전하게 잡혀 있었다.

매영이 두 눈을 부릅떴다.

회심의 일격이었는데 너무나 간단히 막힌 것이다.

단검을 잡은 서윤은 곧장 그것을 반대로 집어 던졌다. 그러자 혼비백산하게 된 쪽은 매영이었다.

매영은 서윤이 단검을 던지려는 기색이 보이자마자 움직였다.

쒜에에에엑!

방금 전 매영이 던진 것보다 훨씬 더 빠른 속도로 날아가는 단검.

하지만 미리 움직인 덕분에 단검은 매영을 맞추지 못하고 허공을 갈랐다.

매영은 안도하는 동시에 머리를 굴렸다. 서둘러 이 자리를 벗어나야만 했다.

하지만 그녀는 더 이상 생각이라는 것을 할 수가 없었다.

뒤쪽에서 둔탁한 무언가로 맞는 것을 느낌과 동시에 머릿속이 새하얗게 변했다.

그녀가 천천히 고개를 숙여 가슴 쪽을 바라보았다.

분명 뒤에서 맞았음에도 앞쪽에 그 흔적이 남아 있었다.

정확히는 흔적이 아니었다. 그녀의 가슴팍에는 커다란 구멍이 뚫려 있었다.

매영이 천천히 몸을 돌렸다.

그러자 언제 다가왔는지 모를 서윤이 그녀의 뒤에 서 있었다.

뒤에서 펼쳐진 서윤의 공격이 그녀의 몸에 구멍을 뚫어 버린 것이다.

"빌어먹을."

매영이 마지막으로 남긴 말이었다.

그 말을 남기고 매영은 그대로 앞으로 고꾸라졌다.

서윤이 서시의 앞에 나타나 단검을 던지고 매영의 뒤쪽으로 쇄도해 일격을 날리는 것까지.

이것이 단 한 호흡, 찰나라고 표현해도 될 정도로 순식간에 벌어진 일이었다.

"뭐 하는 짓이야!"

서시가 서윤을 향해 버럭 소리를 질렀다. 그에 서윤은
고개를 돌려 서시를 바라보았다.

서시의 두 눈이 붉게 충혈되어 있었다.

"내가! 내가 죽일 거였다고!"

"그만해."

"네가 뭔데! 왜 날 방해해!"

서시가 계속해서 소리쳤다. 그러는 그녀의 눈에서는 금
방이라도 눈물이 떨어질 것만 같았다.

"왜! 도대체 왜! 내 수하들의 복수도 제대로 할 수 없게
만드냐고!"

그렇게 울부짖은 서시가 그 자리에 털썩 주저앉았다. 그
러고는 세상 서럽게 울기 시작했다.

서윤은 물끄러미 그런 그녀를 바라보았다.

왠지 그녀의 모습에서 예전의 자신을 보는 것 같아 더욱
안타깝고 안쓰러웠다.

한참을 그냥 울게 놔둔 서윤은 천천히 그녀에게 다가갔
다.

그러고는 조심스럽게 그녀의 어깨를 잡아 일으켰다.

서시의 얼굴은 눈물범벅이 되어 있었다.

오로지 자신을 치료하고 살리기 위해 어설픈 연기에 속아 넘어가 목숨을 잃은 수하들이었다.

젊은 곡주가 고깝게 보일 수도 있었을 텐데 바보 같은 충성을 보여주던 수하들이었다.

그런 수하들의 복수를 할 수 있었는데.

서윤에게 화풀이를 했지만 사실 그것은 자신을 향한 분풀이였다.

제대로 복수도 할 수 없을 정도로 약한 힘을 가진 자신이 원망스럽고 화가 났다.

그것을 애꿎은 서윤에게 푼 것이다.

서윤은 그런 서시를 가만히 안아주었다.

"엉엉엉! 으어어엉!"

서시는 서윤의 품에 안겨 또 한 번 서럽게 울었다.

서윤은 그런 그녀의 등을 가만히 토닥여 주기만 할 뿐이었다.

*   *   *

서윤은 서시를 달래주고는 다시 대원들이 있는 곳으로 돌아왔다.

서시는 울어서 퉁퉁 부은 눈을 보여주기는 싫다며 기척

을 감추고 주변에 숨었다.

돌아온 서윤을 바라보는 대원들의 눈빛은 달라져 있었다.

눈앞에서 보고도 믿기지 않을 엄청난 것을 보았으니 당연한 현상이었다.

서윤은 그런 대원들의 시선을 자연스럽게 받아넘겼다.

예전 같았으면 그런 시선을 부담스러워하고 어떻게 해서든 화제를 돌리려 했겠지만 지금은 그러지 않았다.

자신의 실력과 가치에 맞는 사람이 되고자 마음먹었다.

더욱 당당하게 어깨를 폈고 자신 있게 걸었다.

대원들의 눈에 서윤은 굉장히 거대하게 비춰지고 있었다. 서윤이 왜소한 편은 아니었지만 마치 거인을 보고 있는 것 같았다.

그 정도로 서윤이 뿜어내는 존재감은 어마어마했다.

운기를 마치고 방금 전까지 있었던 일에 대한 이야기를 들은 설시연은 천천히 서윤에게 다가왔다.

그가 어떤 일을 벌였는지 직접 보지 못하고 듣기만 했으나 달라진 서윤의 태도와 분위기에서 충분히 짐작하고도 남음이었다.

"고생하셨어요."

"네."

설시연이 공손하게 서윤을 대했다.

마치 지아비를 대하는 여인 같았다.

이전까지 설시연이 서윤을 대하는 걸 보면 '가가'라는 호칭을 쓰기는 했으나 아직까지도 누이가 동생을 대하는 것 같은 느낌이었다.

하지만 지금은 그와 달리 남편을 내조하는 부인으로서의 모습을 보이고 있었다.

이 역시도 서윤의 변화가 가져온 것이었다.

설시연으로 하여금 자연스럽게 그렇게 하도록 만든 것이다.

그만큼 방금 전의 일로 성장을 이룬 서윤이 풍기는 기도와 분위기는 거대해져 있었다.

"가죠."

서윤의 한 마디에 대원들이 일사불란하게 움직였다.

우리는 이런 사람의 수하다.

이 사람과 함께 있으면 훗날 전설로 회자될 많은 전투를 함께할 수 있다.

이런 생각들이 대원들의 머릿속을 채웠다.

그러자 대원들의 발걸음도 당당해졌다.

어깨는 당당하게 펼쳐져 있었고 표정에는 자부심이 피어올랐다.

서윤이 살아 돌아오고 재창단한 의협대.

하지만 지금 이 순간이 진정 의협대가 재창단하는 순간
이라 할 수 있었다.

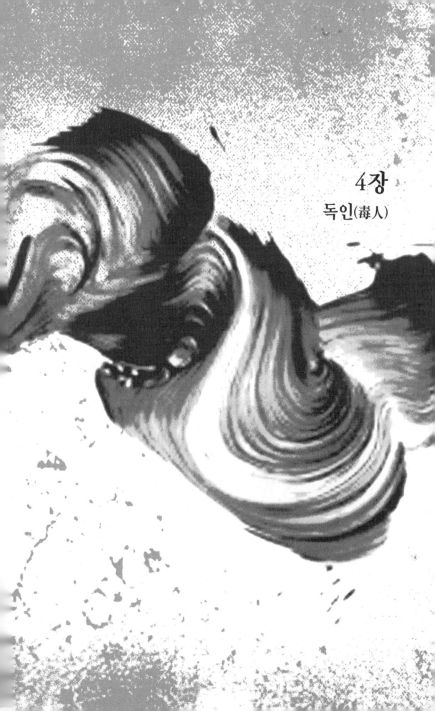

4장
독인(毒人)

風神 徐潤

풍신서윤

의협대의 행보는 거칠 것이 없었다.

중간에 몇 차례 적들과 마주쳤지만 선두에 선 서윤의 벽을 뚫지 못하고 모두 나가떨어졌다.

물론 혈루문 정도 되는 강한 적들은 아니었다 하나 처음 적들과 마주쳤을 때 대원들은 잔뜩 긴장했다.

하지만 서윤이 앞에서 다 뚫어내는 상황이 되니 이제는 적들이 나타나도 크게 긴장하지 않았다.

그렇다고 집중력이 흐트러진 것은 아니었다.

언제든 자신들도 전투에 가담할 수 있겠다는 생각에 마

음속으로는 칼을 갈고 있었다.

서윤의 위력이 적들 사이에 퍼졌기 때문일까.

가면 갈수록 나타나는 적들의 숫자가 줄어들고 있었다. 물론 개방에서도 힘을 쓰고는 있겠지만 서윤이 몇 차례 보인 위력적인 모습이 크게 한몫한 것은 맞는 것 같았다.

순조롭게 진격한 서윤 일행은 쉬어 가기로 했다.

해가 저물어 가는 시간대라 더 가는 것보다는 쉬면서 체력도 보충할 겸 다음 날 출발하는 것으로 결정을 내린 상태였다.

서윤 일행이 쉬기로 한 곳은 정확히 인회(仁懷)현과 정안(正安)현의 중간 지점이었다.

귀주성의 서쪽에 치우친 두 현의 중간 지점이라는 것은 사천성이 가깝다는 뜻이기도 했고 좀 더 적진 깊숙한 곳으로 들어왔다는 뜻이었다.

대원들을 쉬게 한 뒤 서윤은 계속해서 주변을 경계했다.

다른 대원들처럼 앉아서 쉬고는 있었으나 그는 기감을 펼쳐 쉬지 않고 적들의 움직임에 대비하고 있었다.

그것을 알고 있는 사람은 딱 세 명, 설시연과 서시, 그리고 천보뿐이었다.

*   *   *

날은 금방 어두워졌다.

속히 노숙 준비를 마친 대원들은 모여서 대화를 나누기도 하고 일찌감치 잠을 청하는 이들도 있었다.

그러던 어느 순간.

설시연, 천보와 함께 대화를 나누던 서윤이 자리에서 벌떡 일어섰다.

그러자 함께 있던 두 사람은 물론이고 대원들도 긴장한 표정으로 서윤을 바라보았다.

[내가 가볼게.]

서시의 전음에 서윤은 가만히 서 있었다. 하지만 여차하면 뛰쳐나갈 준비가 되어 있는 상태였다.

잠시 후 서시가 다가오는 것이 느껴졌고 전음이 들려왔다.

[긴장 풀어. 그냥 손님이야.]

그녀의 전음이 끊어지고 약간의 시간이 지나자 어둠 속에서 누군가가 모습을 드러냈다.

"여기 있었군!"

"가주님?"

먼저 등장한 황보진원의 뒤로 황보세가의 무인들이 우르르 나타났다.

어리둥절해하는 서윤의 표정을 보며 황보진원은 환한 미소를 지었다.

"무사할 줄 알았지."

"어떻게 된 겁니까?"

"제갈 군사의 계획이네. 우리는 중경을 통해 자네들과 합류하라고 하셨지. 의협대의 인원이 적어 개방이 돕는 것만으로는 어려울 거라면서."

황보진원의 말에 대원들의 얼굴이 환해졌다. 지금까지 서윤 한 명만으로도 든든했지만, 앞으로는 어떤 일이 벌어질지 모를 사천 땅이기 때문이었다.

어쩌면 서윤과 의협대만으로는 버거울 수 있는 앞으로를 황보세가가 도와준다면 훨씬 든든할 것이었다.

"많이 달라진 것 같군."

"예. 그렇게 됐습니다."

"축하하네."

"감사합니다."

역시나 황보진원은 서윤의 달라진 분위기를 단박에 알

아차렸다.

"이거, 오히려 우리가 자네한테 신세를 져야 할 판국이군."

"신세라니요. 최대한 살아서 도착할 수 있게 함께 노력하는 거지요."

"그래. 힘내보세. 다들 쉬도록! 경계조와 휴식조를 나눈다!"

황보진원이 세가 무인들에게 말하자 서윤이 그를 만류하고 나섰다.

"괜찮습니다. 다들 쉬라고 하십시오. 저 하나면 충분합니다."

"자네가 직접?"

"예."

"밤을 새겠단 뜻인가?"

"잘 겁니다. 그러니 걱정 마십시오."

그렇게 말하며 서윤이 미소를 지었다.

그에 황보진원은 그 말을 곧장 알아듣지 못해 어리둥절한 표정만 지을 뿐이었다.

*   *   *

다음 날 아침.

동이 터오를 무렵부터 의협대원들과 황보세가 무인들이 하나둘씩 눈을 뜨기 시작했다.

개운한 표정의 의협대원들과 달리 황보세가 무인들은 아직 피로가 풀리지 않은 모습이었다.

이곳까지 오는 동안 제법 고생을 한 탓도 있겠지만 간밤에 푹 자지 못한 까닭이었다.

눈을 뜬 세가 무인들은 약속이라도 한 듯 곧장 운기에 들어갔다.

반면 의협대원들은 눈을 뜨고도 아직 누워 있거나 부스스한 모습으로 가만히 앉아 있었다.

조금 먼저 눈을 떠 운기를 마친 황보진원은 그런 의협대원들을 황당하다는 시선으로 바라볼 수밖에 없었다.

'무인이라면 자는 동안에도 긴장해야 하거늘 어찌 저런 모습이란 말인가?'

속으로 그렇게 중얼거린 황보진원은 서윤을 바라보았다. 서윤도 대원들의 그런 모습을 보았지만 아무런 말도 하지 않았다.

그냥 아무 말도 안 하는 것이 아니었다. 조금도 언짢은 기색을 찾을 수가 없었다.

"자네, 잠깐 얘기 좀 하지."

"예."

황보진원의 부름에 서윤이 그와 함께 잠시 자리를 옮겼다.

"자네가 대주고 자네 수하들이라 이런저런 얘기를 하는게 조심스럽네만……."

"괜찮습니다. 말씀하십시오."

조심스러워하는 황보진원을 보며 서윤이 부드럽게 말했다.

"대원들 기강이 너무 흐트러져 있는 것이 아닌가 해서 말일세."

"어떤 모습 때문에 그러십니까?"

"아침에 눈을 뜨고도 잠이 덜 깨서 비몽사몽하질 않나. 여기는 전장일세. 긴장감이라고는 찾아볼 수가 없지 않은가?"

"후후."

황보진원의 말에 서윤이 작게 웃음을 터뜨렸다. 그에 황보진원은 서윤을 가만히 쳐다보고 있었다.

"죄송합니다. 하지만 대원들의 기강에는 아무 문제가 없습니다."

"문제가 없다?"

"예. 저들이 저런 모습을 보이는 건 순전히 저 때문입니다."

"자네 때문이라고?"

"예. 그만큼 저를 믿기 때문이죠. 제가 있으면 적어도 자는 동안 공격받을 걱정은 하지 않아도 된다는 믿음."

서윤의 말에 황보진원이 답답하다는 듯 말했다.

"하지만 자네가 언제까지고 밤을 새워가며 대원들을 지켜줄 수 있는 것도 아니지 않은가? 자네도 쉬어야지."

"어제도 말씀드렸지만 전 밤을 새지 않았습니다."

"자네도 잤다면 어찌 대원들이 저런 모습을 보인단 말인가?"

황보진원의 말에 서윤이 미소를 지은 채 말했다.

"잠들기 전 미리 사방으로 기운을 뿌려놨습니다. 만약 적들이 그 기운에 닿았다면 그들이 우리가 있는 곳에 도착하기 전에 전투 준비는 끝나 있을 겁니다. 우리가 있는 곳을 기준으로 이백 장 안에 적들은 없었습니다."

"이백 장!"

황보진원이 놀란 표정을 지었다.

서윤의 말이 사실이라면 결코 쉽지 않은 일이었다.

깨어 있을 때에도 쉽지 않은 일인데 하물며 잠을 자고 있으면서 그렇게 할 수 있다는 건 듣고도 믿기지 않았다.

"놀랍군. 그럴 수가 있다니."

"그러니 걱정 마십시오. 그리고 대원들의 저런 모습, 너무 안 좋게 보지 않으셨으면 합니다."

"그러지. 간밤에 제대로 못 잔 내가 억울해지는군."

황보진원이 머쓱한 표정을 지었다.

그가 말한 대로 간밤에 괜히 긴장하고 불안하며 잠을 제대로 자지 못한 것이다.

서윤에게 이런 능력이 있는 줄 알았으면 그도 조금 더 푹 자고 일어났을지도 모를 일이었다.

"오늘 밤에는 푹 주무십시오."

"그래야겠어."

"가시죠. 갈 길이 멉니다."

그렇게 말한 서윤이 먼저 대원들이 있는 쪽으로 발걸음을 옮겼고 그 뒤를 얼떨떨한 표정의 황보진원이 뒤따랐다.

*   *   *

의협대와 황보세가는 빠르게 사천성을 향해 달렸다.

가능한 빨리 적수현에 도착해 전열을 정비하고 사천성에 들어가는 것이 목적이었다.

하지만 적들은 서윤 일행이 쉽게 적수현까지 가도록 놔두지 않았다.

"좌측!"

"그쪽은 내가 맡을 테니 반대쪽부터 신경 써!"

서시가 빠르게 좌측으로 이동하며 단검을 휘둘렀다. 그러자 달려들던 적 두 명의 목이 그대로 떨어져 나갔다.

덕분에 의협대원들은 우측에서 나타나는 적들에 집중할 수 있었다.

서윤과 황보진원은 정면을 뚫고 있었다.

적들이 새까맣게 몰려들고 있었지만 서윤과 황보진원의 주먹이 지나간 자리에는 쓰러진 적들만 남아 있을 뿐이었다.

후미를 맡고 있는 황보세가의 무인들 역시 상당한 위력이 담긴 권법을 펼치며 뒤쪽을 기습한 적들을 쳐내고 있었다.

서걱! 서걱!

설시연의 검이 춤을 출 때마다 적들이 쓰러졌다.

일격필살.

한 번에 한 명씩. 설시연은 적들이 가까이 다가오는 것을 결코 허락지 않았다.

정면을 뚫던 서윤이 슬쩍 설시연 쪽을 바라보았다.

망설임 없이 검을 휘두르며 적들을 쓸어가는 그녀의 모습을 보며 안도했다.

그리고 그사이 정면으로 달려들던 적들이 주춤하는 모습을 보였다.

"쫄았군."

황보진원이 땀을 닦아내며 중얼거리듯 말했다.

"그건 아닌 듯합니다."

"그게 무슨 말……. 흠."

황보진원은 말을 중간에 끊고는 심각한 표정을 지었다. 뒤쪽에서 다가오는 기운이 심상치 않았던 까닭이었다.

그 기운을 느낀 서윤이 뒤쪽에 있는 대원들을 향해 소리쳤다.

"강합니다! 정신 바짝 차리십시오!"

서윤이 말하지 않아도 대원들 역시 심상치 않은 기운에 바짝 긴장하며 공격을 멈춘 적들을 경계하고 있었다.

서윤과 황보진원의 앞쪽에 있던 적들이 양쪽으로 갈라지더니 한 무리의 사람들이 나타났다.

대략 스무 명 정도 되는 듯했는데 하나같이 기도가 범상치 않았다.

"긴장해야 할 듯합니다."

"그렇군."

서윤의 말에 황보진원이 주먹을 쥐었다 폈다 하며 대답했다.

[선공으로 휘젓겠습니다. 가주님께서는 적들의 움직임을 잘 살피시다가 움직여 주십시오.]

[혼자 괜찮겠나?]

[충분합니다.]

짧게 대답한 서윤이 강하게 땅을 박차고 튀어 나갔다.

전광석화와 같은 빠르기.

하지만 적들은 조금의 동요도 없이 정면으로 치고 들어오는 서윤을 향해 공격을 퍼부었다.

스스스스스!

기분 나쁜 소리를 내며 적들의 검기가 쏘아져 나왔다. 목표는 오직 서윤이었다.

집중포화를 향해 달려드는 서윤의 표정에는 변화가 없었다. 그리고 그 순간 쾌풍보가 빛을 발했다.

스슥!

빠르게 나아가던 속도가 잠시 늦춰지는가 싶더니 부드럽게 방향을 틀었다.

콰쾅!

그러자 날아들던 검기 중 두 개의 검기가 땅을 쳤다.

터터텅!

서윤이 검기를 향해 강기를 씌운 주먹을 휘두렀다.

그러자 몇 개의 검기가 허공에서 터져 버렸다.

터져 버린 검기의 일부는 방향을 틀어 적들이 서 있는 쪽으로 날아갔다.

"컥!"

몇몇 적들이 갑자기 날아든 검기에 혼비백산했다.

하지만 그 방향에 서 있던 적들 대부분이 피하지 못하고 목숨을 잃었다.

하지만 아직까지도 다수의 검기가 서윤에게 날아들고 있었다.

"협!"

서윤이 짧은 기합과 함께 주먹을 뻗었다.

그러자 강한 압력이 뿜어져 나와 검기를 밀어냈다.

일부가 그 힘을 버티며 서윤 쪽으로 날아들었지만 결국에는 그 뜻을 이루지 못하고 방향이 꺾였다.

이번에도 적들이 있는 쪽이었다.

하지만 일부 검기는 제대로 방향이 틀어지지 않아 대원들이 있는 쪽으로 향하고 있었다.

콰쾅!

하지만 그 검기는 대원들에게 닿을 수가 없었다.

뒤쪽에 있던 황보진원이 재빨리 움직여 검기를 부숴놓았

기 때문이었다.

이처럼 뒤쪽을 황보진원이 든든하게 받쳐주고 있었기에 서윤도 안심하고 정면을 칠 수 있었다.

쉬이익!

서윤의 머리 위를 아슬아슬하게 스치고 지나갔다.

뒤이어 서윤의 가슴과 어깨, 옆구리를 노리며 여러 개의 검이 한 번에 들어왔다.

절묘한 시간 차를 두고 적절한 방위를 잡아 들어오는 공격.

아무리 서윤이라 해도 아무런 부상 없이 공격을 막거나 피하기는 어려울 듯 보였다.

그 순간, 서윤의 눈이 반짝이는가 싶더니 양 주먹이 부드럽게 뻗어 나갔다.

쩡!

서윤의 주먹이 가슴을 노리고 들어오는 검을 쳐올렸다.

그 힘을 이기지 못한 검이 한쪽 어깨를 노리는 검과 부딪쳤다.

그렇게 생긴 틈으로 몸을 비튼 서윤은 다른 어깨를 노린 검을 피해냈다.

몸을 비틀면서 뒤쪽으로 휘두른 주먹으로 옆구리를 노리던 검을 찍어 눌렀다.

"허허. 놀랍군."

서윤의 절묘한 움직임을 지켜보던 황보진원이 감탄사를 내뱉었다.

그러는 사이 서윤은 스무 명의 적들 한가운데에 들어갔고 완벽하게 포위된 상태가 되었다.

서걱!

서윤의 싸움을 지켜보던 대원들은 다른 쪽에서 들린 소리에 고개를 돌렸다.

그곳에서는 서시가 적 한 명의 목을 긋고 있었다.

"정신들 안 차려? 적이 공격 안 한다고 그냥 놔둘 거야? 지금 싸움 구경 온 거 아니잖아!"

그렇게 소리친 서시가 다시 적들 사이를 헤집고 다니기 시작했다.

그에 퍼뜩 정신을 차린 천보가 대원들에게 말했다.

"공격하십시오!"

천보의 외침에 대원들이 일제히 적들을 향해 달려들기 시작했다.

황보세가 무인들 역시 마찬가지로 공격을 멈추고 있던 적들을 쳐나가기 시작했다.

잠시 동안 이어지던 소강상태가 끝나고 주변은 다시금 난전 상태가 되었다.

*　　　*　　　*

적들에게 둘러싸인 서윤은 미소를 짓고 있었다.

스무 명이 내뿜는 기운을 정 가운데에서 고스란히 받고 있자니 그 압력이 상당했다.

무표정으로 일관하고 있는 적들은 일제히 서윤을 향해 검을 겨누고 있었다.

주먹을 틀어쥔 서윤은 짜릿한 긴장감을 몸으로 느끼며 작게 심호흡을 한차례 했다.

그러고는 주먹을 틀어쥐고 자세를 잡았다.

서윤의 주먹과 검끝 하나가 맞닿았다.

잠시 그 상태로 대치가 이어졌고 금방이라도 일이 벌어질 것 같은 팽팽한 긴장감이 그 사이를 휩쓸었다.

씨익!

그 순간 서윤이 미소를 지었다.

그리고 적들이 그 미소의 의미를 깨닫기도 전에 일이 벌어졌다.

서윤이 순식간에 끌어 올린 기운을 자신의 주먹과 맞닿은 검끝으로 밀어 넣은 것이다.

펑!

갑작스럽게 많은 양의 기운이 몰려들어 오자 검을 들고 있던 적은 감당하지 못하고 뒤쪽으로 튕겨 나갔다.

그것을 신호로 적들의 검이 서윤을 꼬치로 만들려는 듯 일제히 찔러 들어왔다.

하지만 서윤은 눈 하나 깜짝하지 않고 주먹을 휘두르며 몸을 비틀었다.

꽝!

서윤의 주먹과 충돌한 검이 강하게 튕겨 나갔고 그 공간으로 몸을 비틀어 다른 검을 피해낸 서윤이 다시금 주먹을 휘둘렀다.

꽈광!

서윤의 공격에 또다시 몇 개의 검이 튕겨졌다.

서윤을 찌르던 검이 애꿎은 하늘만 찌르는 꼴이 된 것이다.

그렇게 공간을 만든 서윤의 시야에 적들의 몸통이 보였다.

보이는 순간 지체하지 않았다.

서윤은 그 즉시 적들의 품을 파고들며 공격을 가했다.

어느새 서윤의 주먹에는 시퍼런 강기가 씌워져 있었고 풍절비룡권의 초식들이 무자비하게 적들을 난타하기 시작했다.

콰쾅! 콰쾅! 쾅! 쾅! 콰쾅!

적들은 서윤의 강기를 버텨내지 못했다.

주먹에 닿는 순간 엄청난 충격과 함께 몸이 바스러졌고 스무 명이던 적의 숫자는 순식간에 반절로 줄어들어 있었다.

서윤의 기세는 더욱 높아졌다.

순식간에 절반의 동료를 잃은 적들도 흉흉한 기세를 더하며 서윤을 공격했다.

살벌한 공방이 이어졌다.

서윤은 여전히 쾌풍보의 묘리를 십분 발휘하며 적들을 농락하고 있었다.

그리고 적들은 그런 서윤의 꼬리를 잡기 위해 안간힘을 쓰고 있었다.

쩌저저정!

적들의 검이 서로 충돌하며 날카로운 금속성을 내었다.

빠르게 검을 피한 서윤은 기운을 끌어 올렸다. 이제 끝을 낼 때라 생각한 것이다.

서윤의 주먹에서 강기가 뿜어져 나왔다.

주변을 휘감은 강한 풍압과 뒤섞인 기운이 적들 한가운데에서 폭발했다.

쾅!

짧고 굵은 폭음이 울렸다.

하지만 소리와 다르게 그 충격은 어마어마했다.

마치 포탄이 터진 듯 서윤을 중심으로 땅이 파여 나갔고 그를 둘러싸고 있던 적들은 그 충격을 온몸으로 고스란히 받아 튕겨 날아갔다.

"후⋯⋯."

순식간에 스무 명의 적을 쓰러뜨린 서윤은 작게 한숨을 내쉬었다. 그러고는 옅은 미소를 지었다.

확실히 전과 달리 여유가 생긴 자신의 모습을 느낀 것이다.

짧은 여운을 즐긴 서윤은 주변을 둘러보았다.

황보세가와 의협대에 의해 적들은 거의 다 정리가 되어 가고 있었다.

"이제 끝⋯⋯."

그렇게 중얼거리던 서윤이 딱딱하게 굳은 표정으로 쓰러진 적을 쳐다보았다.

비틀거리며 움직이는 적들. 하지만 일어나지는 못하고 있었다.

'죽지 않았어?'

큰 충격을 입어 일어나지는 못하고 있었으나 당연히 목숨을 잃었을 것이라 생각했던 서윤으로서는 당황스러울 뿐이었다.

털썩!

몇 번이고 일어나려던 적들이 결국은 포기했는지 다시금 쓰러졌다.

'뭐지? 실혼인은 아닌 것 같은데.'

서윤이 속으로 그렇게 중얼거리고 있을 때.

갑자기 쓰러져 있던 적들의 몸이 부풀어 오르기 시작했다.

'폭발?'

서윤이 다급해졌다.

스무 명이나 되는 적이 일제히 폭발하면 주변은 쑥대밭이 될 것이다.

그리고 그렇게 되면 대원들과 황보세가 무인들은 무사하지 못할 것이었다.

팍!

서윤이 땅을 박찼다.

그러고는 바람처럼 대원들 앞에 나타나서는 다급하게 소리쳤다.

"제 뒤쪽으로!"

서윤의 외침에 심상치 않은 것을 느낀 대원들과 황보세가 무인들이 한데 모여들었다.

그들 앞에 서서 기운을 끌어 올리던 서윤은 문득 떠오른 생각에 다시금 폭발하려는 적들 쪽으로 달려갔다.

"가가!"

설시연이 다급하게 서윤을 불렀다. 하지만 서윤은 벌써 적들 사이에 가 있었다.

'잘 되어야 할 텐데.'

서윤은 애초에 난마광풍의 초식으로 폭발하려는 적들을 밀어내려 했다.

그렇게 되면 폭발이 대원들 쪽이 아닌 반대쪽으로 밀려날 것이라는 생각 때문이었다.

하지만 그 순간 다른 방법이 한 가지 떠올랐다.

바로 풍절비룡권의 묘미를 활용하는 것이었다.

서윤이 기운을 끌어 올렸다.

그러면서 풍절비룡권을 펼쳤다.

그러자 서윤을 중심으로 주변의 공기가 모여들기 시작했고 폭발 직전의 적들도 그에 휩쓸려 서윤 주변으로 빨려들어 왔다.

"가가!"

서윤이 무엇을 하려는지 눈치챈 설시연이 그쪽으로 달려가려 했으나 황보진원이 서둘러 그녀를 붙잡았다.

"위험하네."

"그래도!"

"다 생각이 있어서 저러는 것일 테니 믿고 기다리시게."

황보진원의 말에 설시연이 이를 악물었다.

서윤을 중심으로 모여든 공기가 둥근 구체 모양을 띠기 시작했다.

이는 서윤이 모여든 공기 주변으로 강기를 뿜었기 때문이었다.

서윤과 폭발하려는 적들은 완전히 강기막 안에 갇힌 꼴이 되었다.

그리고 그 순간, 부풀어 오를 대로 부풀어 오른 적들이 일제히 폭발했다.

퍼퍼퍼퍼퍼펑!

강기막 안에서 터진 것이라 소리가 그리 크지는 않았으나 밖으로 새어 나오는 소리만으로도 안쪽의 폭발이 얼마나 강한지 알 수 있었다.

황보진원과 설시연을 비롯한 모든 사람들이 걱정스러운 표정으로 강기막 쪽을 바라보았다.

강기막 안쪽에서 생긴 뿌연 먼지 때문에 밖에서는 아무것도 볼 수가 없었다.

콰아아아앙!

그 순간, 또 한 번의 폭음이 발생했다.

그 소리에 황보진원은 깜짝 놀랐지만 설시연은 안도하는 표정을 짓고 있었다.

광풍난무의 초식을 쓸 때 터져 나오는 폭음이었기 때문이었다.

그렇다는 건 안쪽에 있는 서윤이 무사하다는 뜻이었다.

광풍난무의 초식으로 쏟아져 나간 강기의 안쪽에는 시커먼 무언가가 가득 담겨 있었다.

쾅!

그렇게 한참을 날아간 강기가 안쪽에 있던 시커먼 무언가와 함께 폭발해 사라졌다.

끝까지 그것을 확인한 서윤이 돌아섰다.

엄청난 폭발이 있었음에도 서윤의 옷은 조금도 상하지 않았다.

폭발 직전에 호신강기로 몸을 보호한 까닭이었다.

"후……."

깊은 한숨을 내뱉은 서윤이 대원들이 있는 쪽으로 걸어왔다.

그러자 설시연이 걱정스러운 시선으로 물었다.

"괜찮으신가요?"

"괜찮아요."

서윤이 미소 지으며 대답하자 설시연은 그제야 안도의

한숨을 내쉬었다.

"마지막에 그건 뭐였는가?"

"독이었습니다. 폭발하면서 지독한 독을 뿜어내더군요. 자칫 다들 위험할 뻔했습니다."

"독이라니."

황보진원이 인상을 찌푸리며 말했다.

현재는 물론이거니와 과거에도 마도 쪽에서 폭발하면서 독을 뿜어내는 사람이 있다는 이야기는 들은 적이 없었다.

"저런 것들이 얼마나 더 있을지 모르겠군. 많으면 큰일일 텐데."

"그렇겠지요. 아무튼 조심해야 할 듯합니다. 폭발하기전에 완전히 가루로 만들어 버려야 할 것 같더군요."

그렇게 말한 서윤의 얼굴에도 근심이 어렸다.

자신의 공격을 맞고도 죽지 않고 폭발까지 한 적들이었다.

'도대체 얼마나 강한 공격을 해야 한다는 거야?'

서윤이 그렇게 중얼거리던 그때, 가까이 다가오는 또 다른 기운이 느껴졌다.

"누가 또 옵니다."

서윤의 말에 다들 또다시 긴장하기 시작했다.

그리고 잠시 후, 모습을 드러낸 사람을 본 황보진원이 굉장히 반가워했다.

　모습을 드러낸 사람은 사천당가의 가주인 당호엽이었다.

　"당가주!"

　"다들 여기 있었구려."

　그렇게 말하는 당호엽의 입가에 미소가 번져 있었다.

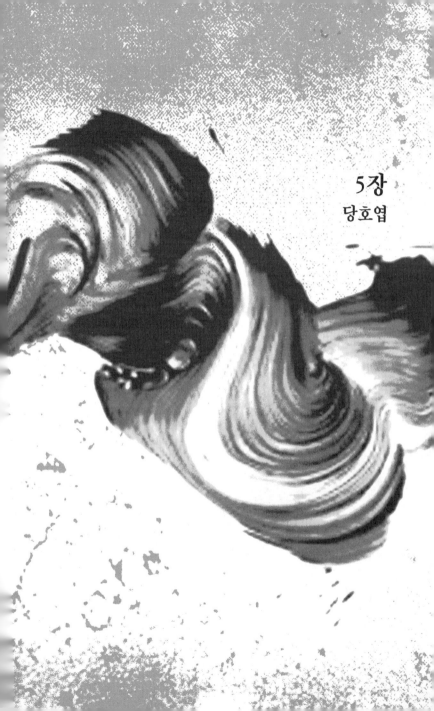

5장
당호엽

風神 徐闇

풍신서윤

　당호엽의 등장에 황보진원은 놀라면서도 굉장히 반가워
했다. 하지만 서윤은 반대였다.

　'사천은 고립되었다고 들었다. 만약 지금 이렇게 나타날
수 있었다면 진작 나올 수 있었을 텐데.'

　서윤은 당호엽이 왜 지금까지 사천에 웅크리고만 있었는
지, 그리고 어째서 이제야 나타난 것인지 의심부터 했다.

　"이곳에는 어떻게 오셨소? 사천의 상황은?"

　"좋지 않소이다. 이곳까지 오는 것도 힘들었지."

　당호엽의 말에 황보진원이 그에게 다가가 덥석 손을 잡

았다.

"그래도 다행이외다. 가주께서 이곳까지 오셨다는 건 당가뿐만 아니라 청성과 아미도 돌파구를 찾았다는 뜻 아니겠소?"

"찾기야 찾았지요."

그렇게 말하며 당호엽이 서윤을 바라보았다. 그에 황보진원이 당호엽에게 서윤을 소개했다.

"처음 보는 것일 겁니다. 권왕 선배님의 진전을 이은 서윤이라고 하오."

"서윤입니다."

서윤이 포권과 함께 짧은 인사를 건네고는 당호엽을 정면으로 응시했다. 당호엽 역시 서윤의 시선을 피하지 않았다.

"당가를 맡고 있는 당호엽이네. 권왕 선배님의 진전을 이었다고?"

"예. 제 할아버지이자 스승님이십니다."

"그래. 들어본 적이 있지. 그게 자네였군."

"예."

두 사람 사이에 형식적인 인사만 오갈 뿐 분위기가 묘하게 흘러가는 것 같자 황보진원은 조금씩 당황하기 시작했다.

[자네, 왜 그러는가?]

황보진원이 서윤에게 넌지시 전음을 보냈다. 하지만 서윤은 전혀 대꾸하지 않고 당호엽만을 응시할 뿐이었다.

"대단하더군. 아까 그들을 처리한 수법 말이야."

"마치 몰래 숨어 지켜보신 것처럼 말씀하시는군요."

"숨어서 지켜보지는 않았네. 오면서 일부는 보고 일부는 소리로 듣고 파악한 게지."

"그러셨습니까? 아, 그들이 자폭을 하며 독을 뿜어내던데. 혹시 아시는 것 있으십니까?"

자신을 똑바로 쳐다보며 묻는 서윤을 보며 당호엽은 입을 다물고 가만히 있었다.

'반응이 없다. 이미 알고 있었거나 혹은……'

모르고 있었다면 당호엽은 놀라야 했다.

자폭하며 독을 뿜어내다니. 황보진원도 놀라지 않았던가? 하물며 독과 떼려야 뗄 수 없는 관계인 당호엽은 그 놀람이 더더욱 커야 했다.

하지만 당호엽은 아무런 반응도 보이지 않았다.

이미 알고 있었다면 둘 중 하나였다. 사천에 고립되어 있는 동안 수차례 경험해 보았거나, 그것이 아니라면 자신이 만들었거나.

"알고 계셨습니까?"

"알고 있었네."

[제 뒤쪽으로 물러서십시오.]

서윤이 황보진원에게 전음을 보냈다. 황보진원 역시 세가를 이끌어가는 가주인지라 어느 정도 눈치는 있어 지금상황이 무언가 심상치 않다는 것을 느끼고 있었다.

황보진원이 슬그머니 뒤쪽으로 물러섰다.

그것을 본 당호엽이 씩 웃으며 말했다.

"황보가주, 왜 그러시오?"

당호엽의 물음에 황보진원은 얼굴을 딱딱하게 굳히며 천천히 기운을 끌어 올렸다.

"저들, 가주님께서 만드신 겁니까?"

서윤이 단도직입적으로 물었다. 그러자 당호엽이 입가에 미소를 지은 채로 서윤을 물끄러미 바라보았다.

"황보가주."

"말씀하시오."

"과거 권왕 선배님께서 돌아가시기 전. 당가에서 만들고 있는 독이 있다는 얘기는 들으셨지요?"

"그렇소."

"사실 독을 만들고 있던 것이 아니었소."

당호엽의 말에 황보진원의 눈썹이 꿈틀거렸다. 불길한 예감이 든 까닭이었다.

"내가 만들고 있던 건 독인(毒人)이었지."

스슥!

당호엽의 말이 끝나기가 무섭게 의협대와 황보세가 무인들이 전투태세를 취했다.

그가 적이라는 것이 명명백백해졌기 때문이었다.

"마도에 의해 사천이 고립된 것이 아니었군요. 스스로가 고립된 것이었어."

"그렇지. 얼마나 좋은가? 정도의 시선에서 자유로울 수 있고. 마음껏 연구하고 싶은 것을 할 수 있고."

당호엽의 말에 황보진원이 노기를 띠며 소리쳤다.

"당문에서 독을 만든다고 정도에서 뭐라 하던가? 무슨 제약을 가하기를 했는가! 당가주, 당신이 어떻게!"

"아무런 제약도 가하지 않았지. 하지만 눈치가 보여서 말이야. 정도가 은연중에 당문을 견제하지 않았던가? 우리는 아무 짓도 하지 않았는데 말이야. 게다가 일부는 노골적으로 우리가 오대세가 중 하나라는 걸 못마땅하게 여기기도 했고."

"누가 그런!"

황보진원이 소리쳤다. 하지만 당호엽의 두 눈은 어느새 차갑게 식어 있었다.

"그래서 배신한 겁니까?"

"배신이라니. 그렇게 말하면 섭섭하지. 우리는 우리 살 길을 찾은 것뿐이다."

"청성과 아미는 어떻게 되었소?"

"어떻게 되었을 것 같은가?"

시종일관 여유롭게 대답하는 당호엽을 보며 서윤은 불 길함을 느꼈다.

'독인을 만들기만 한 것일까?'

계속해서 그런 생각이 머릿속을 맴돌았다.

[최악의 상황은 당가주 스스로가 독인이 된 경우입니다. 아마 제가 상대한 이들보다 훨씬 더 강할 겁니다.]

[설마.]

[혹시 모르니 대비하십시오.]

[알겠네.]

서윤과 황보진원이 짧은 대화를 나누었다. 그러고는 서 윤이 다시 당호엽을 보며 말했다.

"스스로 배신자라는 걸 밝혔으니 그냥 보낼 수도 없고. 이렇게 혼자 나타난 걸 보면 자신 있는 모양이오."

서윤의 말투가 존대에서 평대로 바뀌었다. 그에 당호엽이 살짝 인상을 찌푸렸다.

"아무리 그래도 어른한테 평대라니."

"적에게 존대를 하기도 그렇지 않소?"

"버르장머리가 없구나."

그렇게 말하며 당호엽이 기운을 끌어 올렸다. 그에 서윤도 진기를 끌어 올렸다.

서윤의 몸 안쪽에서 강한 바람이 휘몰아쳤다.

황보세가 무인들과 의협대원들은 뒤쪽으로 물러섰다. 지금 이 상황에서 자신들을 방해만 될 뿐이기 때문이었다.

당호엽과 대치하고 있는 사람은 서윤과 황보진원 단 두 사람이었다.

"둘이 한꺼번에 덤비려는가? 나야 상관없지만."

당호엽의 말에 황보진원이 서윤에게 전음을 보냈다.

[자네는 뒤로 빠지게. 내가 맡지.]

[위험할 수 있습니다. 둘이 한꺼번에 처리하는 게 훨씬 나을 겁니다. 최대한 신속하게 끝내고…….]

서윤의 전음이 채 끝나기 전이었다.

갑작스럽게 당호엽을 공격한 이가 한 명 있었다.

연기처럼 나타나 단검으로 당호엽을 훑고 지나가는 이. 바로 서시였다.

"난 배신자들이 제일 싫어. 남을 속이고 비열하게 목숨을 빼앗고. 그런 것들은 죽어 마땅하지."

서시가 당호엽을 노려보며 말했다.

"살수가 할 말은 아닌 것 같은데."

"살수들은 남을 속이지 않아. 그렇다고 배신을 하지도 않지."

서시의 말에 당호엽이 코웃음을 쳤다.

"그래서 지금 날 상대하겠다? 고작 살수 주제에 나 당호엽을!"

그렇게 외치는 당호엽의 몸에서 엄청난 양의 기운이 폭사되었다.

서윤이 서둘러 뒤쪽으로 가는 기운을 차단하지 않았다면 의협대원들과 황보세가 무인들 중 상당수는 내상을 입었을 지도 몰랐다.

"위험해. 물러서. 매영이라는 그 여자보다 강하다."

"알아. 하지만 이자한테는 내가 적격일걸?"

서시의 자신감에 찬 목소리에 서윤은 그제야 깨달았다. 실혼인은 독에 강하다는 사실을 잊고 있었던 것이다.

"이자는 내가 상대할 테니까 돌아가. 사천으로 가봤자 사지로 뛰어드는 꼴이니 돌아가서 알려. 이놈이 배신했다고."

서시가 당호엽을 턱짓으로 가리키며 말했다. 그러자 이를 지켜보던 당호엽의 아미에 깊은 주름이 생겼다.

"이것들이 보자보자 하니까 가관이구나!"

그렇게 소리친 당호엽이 벼락같이 서시를 향해 공격을 펼쳤다. 그의 양손에서 뿜어져 나온 시커먼 기운이 서시를 덮쳐갔다.

서시와 서윤, 그리고 황보진원이 황급히 그 자리를 피했다.

그러자 세 사람이 모여 있던 곳을 검은 기운이 덮쳤고 곧장 그 주변이 시커멓게 변해갔다.

실로 지독한 독이었다.

자리를 피한 서시가 독장 당호엽을 향해 달려들며 소리쳤다.

"어서 가!"

하지만 서윤은 걱정스러운 표정을 지었다.

아무리 실혼인이 독에 강하다고는 하나 방금 전 당호엽이 보여준 독수(毒手)는 실혼인의 몸도 녹여 버릴 것 같았다.

"가세. 지체하기보다는 봉황곡주 말대로 돌아가서 이 사실을 알리는 것이 우선일세."

황보진원의 말에 서윤이 으스러지도록 주먹을 쥐었다.

그러는 동안에도 서시는 당호엽이 펼치는 독공을 이리저리 피하며 날카롭게 단검을 휘두르고 있었다.

"가죠."

그렇게 말하며 서윤이 몸을 돌렸다.

서윤의 얼굴은 잔뜩 찌푸려져 있었고 얼마나 이를 악물었는지 턱 근육이 불끈 튀어나와 있었다.

서윤이 이끄는 의협대와 황보진원이 이끄는 황보세가 무인들은 곧장 왔던 길을 되돌아 달렸다.

'무사해라.'

속으로 그렇게 중얼거린 서윤은 차가운 눈빛을 한 채 앞만 보고 달리기 시작했다.

서윤 일행이 멀어지자 서시는 더욱 눈을 날카롭게 빛냈다.

당호엽은 더욱 흉흉한 기운을 뿜어내며 독을 뿌려대고 있었다.

실제로 일부는 서시의 몸에 닿았지만 입고 있던 옷만 조금 타들어갔을 뿐 아무런 반응도 일으키지 않았다.

확실히 독에 저항이 있다는 것을 확인한 서시는 더욱 적극적으로 당호엽을 공격해 갔다.

반면 독이 무용지물이 되어버린 당호엽은 고전을 면치 못하고 있었다.

독공에 능하다고는 하지만 보법이나 권장지각 등 다른 부분에서는 상대적으로 서시에게 밀릴 수밖에 없었다.

특히나 서시는 살수.

민첩하고 빠른 움직임은 그녀의 특기였다.

그러다 보니 눈으로 쫓기 어려운 속도로 파고들어 공격을 퍼붓는 서시에게 속수무책으로 당할 수밖에 없었다.

실제로 당호엽의 옷은 갈기갈기 찢겨 있었으며 곳곳에 상처가 생겨 피가 흐르고 있었다.

하지만 서시 입장에서도 마냥 유리한 상황은 아니었다.

독공 때문인지는 모르겠지만 상처가 깊게 나지도 않을 뿐더러 그나마 생긴 상처도 천천히 아물어가고 있었기 때문이었다.

이대로 가다가는 밤을 새도 쓰러뜨리지 못할 것 같았다.

'한 방에 끝내야 돼.'

결국 방법은 한 수에 목을 베거나 심장을 찌르는 수밖에 없었다.

하지만 당호엽의 반격이 워낙 거세 쉽게 접근하기가 어

려웠다. 아니, 접근한다 해도 정확하게 노리고 찌르기가 쉽지 않았다.

사사사삭!

서시는 빠른 움직임으로 당호엽을 견제하며 틈을 찾기 위해 노력했다.

하지만 아무렇게나 공격을 펼치는 것 같았으나 당호엽의 움직임에서는 틈이 잘 보이지 않았다.

'없으면 만들면 그만이지.'

속으로 그렇게 중얼거린 서시가 차근차근 쓰러뜨릴 계획을 세우기 시작했다.

'우선 여기.'

서시가 자신을 향해 날아오는 검은 기운을 피해내며 빠르게 접근했다.

그러자 당호엽이 다시 한 번 독수를 휘두르며 뒤로 물러났다. 하지만 서시는 이미 그 움직임을 계산에 넣고 있었다.

서격!

"크흑!"

서시의 단검이 뒤쪽으로 물러서는 당호엽의 종아리를 베고 지나갔다.

정확히는 종아리 뒤쪽 근육을 끊어버리는 일격이었다.

한쪽 다리의 근육이 끊어지자 엄청난 통증이 몰려왔고 당호엽은 제대로 된 움직임을 가져갈 수가 없게 되었다.

당호엽의 움직임이 둔해지자 서시는 다시 한 번 빠르게 접근했다.

'이번에는 손!'

서시가 눈을 빛냈다. 자신의 예상대로 당호엽이 다시 한 번 시커멓게 물든 독수를 휘둘렀기 때문이었다.

그에 서시가 순간적으로 움직임을 멈추어 그의 공격을 피하고는 지나가는 그의 손목을 노리고 단검을 휘둘렀다.

깡!

하지만 독으로 덮인 그의 손목은 단검으로도 벨 수가 없었다.

"쳇!"

한쪽 손목을 잘라 위력을 반감시키려던 서시는 곧장 뒤쪽으로 물러섰다.

다리를 다쳐 움직임이 불편한 상태에서도 당호엽이 위력적인 반격을 펼쳐 온 까닭이었다.

핑그르르!

그녀의 손에서 단검이 가볍게 회전했다.

거꾸로 쥐고 있던 단검을 똑바로 쥔 서시가 뻗어 오는 당호엽의 손을 향해 다시금 단검을 찔렀다.

방금 전 공격을 통해 단검으로는 독수를 벨 수 없다는 것을 확인했음에도 무슨 생각에서인지 또다시 단검을 찌르고 있었다.

깡!

역시나 막히는 단검. 하지만 이번에는 조금 달랐다.

서시의 단검이 정확하게 당호엽의 손톱 사이를 파고든 것이다.

박힌 것은 아니었으나 손끝과 손톱 사이의 작은 틈에 단검 끝이 끼었고 서시는 그것을 놓치지 않았다.

"합!"

서시가 기합과 함께 그의 손톱 끝에 박힌 단검을 발로 찼다.

"크아악!"

그러자 단검이 더욱 깊숙이 박혀 들어갔고 엄청난 통증에 당호엽이 다시 한 번 비명을 질렀다.

'손과 다리 봉쇄 완료.'

움직임의 근간이 되는 다리를 봉쇄했고 반격의 축인 한쪽 손을 봉쇄했으니 이제 마무리하는 일만 남은 상황이었다.

서시가 한손에 든 단검을 다시 거꾸로 쥐고 빠르게 달려들었다.

스스스슷!

당호엽이 멀쩡한 반대편 손을 휘두르자 다시금 시커먼 독기가 뿜어져 나왔다.

하지만 몸을 제대로 가누지 못하는 상태에서 뿜어낸 기운이라 정확도는 확실히 떨어졌다.

서시는 그 기운을 가볍게 피해내고는 더욱 깊숙이 당호엽의 품을 파고들었다.

훤히 드러나는 그의 몸통.

서시는 정확하게 심장이 있는 곳을 향해 있는 힘껏 단검을 찔러 넣었다.

"크와아악!"

솨아아아!

서시가 당호엽의 심장에 단검을 찔러 넣기 직전의 순간.

당호엽이 괴성을 지르는가 싶더니 그의 몸에서 가공할 기운이 뿜어져 나왔다.

"큭!"

그 힘을 이기지 못하고 서시가 뒤쪽으로 튕겨 나갔다. 다행히 중심을 잡고 착지한 탓에 외부 충격을 받지는 않았다.

"뭐야, 저 괴물은."

그렇게 중얼거린 서시가 잔뜩 인상을 찌푸린 채 당호엽

을 바라보았다.

당호엽의 모습은 지금까지와 달랐다.

두 눈은 흰자위가 보이지 않을 정도로 검게 물들어 있었고 그가 쏘아대던 검은 기운이 그의 몸 주변을 휘감고 있었다.

"살수 따위에게 이런 모습을 보일 줄이야."

당호엽이 갈라지는 목소리로 말했다. 서시의 단검에 부상을 입었던 손과 종아리는 멀쩡해져 있었다.

"하……. 쉬운 일이 하나도 없네."

서시가 한숨과 함께 중얼거리고는 괴물처럼 변해 버린 당호엽을 바라보았다.

*   *   *

호남성으로 되돌아가는 서윤의 표정은 계속해서 딱딱하게 굳어 있었다.

쉬는 동안에도 일행들과 조금 떨어진 곳에 앉아 생각에 잠겨 있었다.

그런 그에게 설시연이 조심스럽게 다가가 곁에 앉았다.

"많이 걱정돼요?"

"괜찮아요."

괜찮다고 대답했지만 서윤의 표정은 전혀 괜찮지 않았다.

"그렇게 걱정되면 다녀오세요."

설시연의 말에 서윤이 그녀를 바라보았다.

"이쪽은 인원도 많고 황보가주님도 계시고 저도 있잖아요. 돌아가는 길은 걱정 말고 다녀오세요."

"괜찮겠어요?"

서윤의 말에 설시연이 미소를 지었다.

"우리도 강해요. 그러니 걱정 말아요."

"미안해요."

"미안하긴요. 더 지체하면 후회할 거예요. 그러니 얼른 다녀오세요."

"고마워요."

"대신 무사히 돌아와야 해요."

"그럼요."

서윤이 옅은 미소를 지었다. 그에 설시연도 미소를 지어 서윤에게 힘을 실어 주었다.

자리에서 일어난 서윤이 빠르게 왔던 길을 되돌아 달렸다.

그것을 본 황보진원이 설시연에게 다가와 물었다.

"설마 거길 가는 건가?"

"네."

짧게 대답하는 설시연의 얼굴에는 수심이 가득했다.

$$* \qquad * \qquad *$$

"헉! 헉! 헉!"

서시는 거친 숨을 몰아쉬고 있었다.

머리는 산발이었고 옷은 넝마가 되어 있어 얇은 끈처럼
변해 버린 옷자락이 겨우 가슴 등을 가리고 있을 뿐이었
다.

서시의 몸에는 놀랍게도 상처가 번져 있었다.

쇠처럼 단단하다는 실혼인의 몸에 생채기를 낼 정도니
당호엽의 무위가 얼마나 대단한지 짐작하고도 남음이었다.

'젠장. 그 약, 먹지 말걸 그랬나?'

서시는 동이 만들어준 환약을 떠올렸다. 실혼인이 된 몸
을 치료하기 위한 약. 쉽게 말해 몸을 원래대로 되돌리는
약이었다.

지속해서 그 약을 복용했고 그 효과 역시 점차 나타나
고 있었기에 당호엽의 강한 공격에 상처가 난 것이다.

게다가 처음과 달리 독인이 되어 뿜어내는 지독한 독은
서시가 가지고 있는 독의 내성을 뚫고 침투해 중독된 상태

였다.

불행 중 다행이라면 심각한 상태는 아니라는 점이었다.

반면 당호엽은 멀쩡했다.

독인이 된 그는 어떤 상처를 입어도 점차 회복되고 있었다. 서시가 맹렬히 공격을 퍼붓고 제법 깊은 상처도 냈으나 지금은 오히려 정상에 가까운 모습을 보이고 있었다.

서시로서는 답답할 노릇이었다. 아무리 공격을 해도 금방 회복을 해버리니 어떻게 해야 쓰러뜨릴 수 있는지 떠오르는 방법이 없었다.

그래도 머리를 스치는 방법은 목을 베는 것과 심장을 노리는 것인데 당호엽의 몸 주변을 휘감은 검은 독기는 그녀의 접근을 쉽게 허락하지 않았다.

"훅! 훅!"

서서히 올라오는 독 기운에 서시의 호흡도 많이 거칠어져 있었다. 그럼에도 어떻게 해서든 당호엽을 쓰러뜨리기 위해 필사적으로 버티고 있었다.

잠시 숨을 고른 서시가 억지로 독 기운을 한쪽으로 몰아 놓고는 다시 움직였다. 하지만 처음보다는 속도가 많이 떨어져 있었고 공격의 날카로움도 무뎌져 있었다.

까가가각!

"젠장!"

재차 막힌 공격에 서시가 이를 악물며 뒤쪽으로 물러섰다. 그녀를 그냥 놔주지 않겠다는 듯 당호엽의 양손에서 검은 독기가 뿜어져 나왔다.

쏴아아아!

마치 주변의 공기까지도 오염시킬 것처럼 지독한 독 기운을 뿜어내는 검은 그림자가 넓게 펼쳐지며 서시를 덮쳐 갔다.

서시는 있는 힘껏 몸을 날렸다.

넓게 퍼져 다가오는 독기에 휩싸이면 멀쩡하지 못할 것이라는 것 정도는 저잣거리 세 살 먹은 아이도 알 수 있는 사실이었다. 하지만 움직일 때마다 조금씩 퍼져가는 독이 그녀의 움직임을 둔하게 만들었다.

겨우겨우 몸 안의 기운이 독 기운이 퍼지는 걸 막고는 있었지만 이제는 역부족이었다.

"큭!"

서시가 무릎을 꿇으며 신음을 내뱉었다. 빠르게 번지고 있는 독 기운에 그녀의 안색도 창백해지고 있었다. 그러는 사이 당호엽이 펼쳐낸 검은 기운은 그녀를 덮치기 직전까지 다가와 있었다.

서시는 눈을 질끈 감았다.

콰콰콰콰콰!

그녀를 덮치던 검은 기운이 마치 벽에 부딪친 듯 더 이상 서시를 향해 다가가지 못하고 발버둥쳤다.

서시는 슬며시 눈을 떴다. 흐릿하게 한 사람의 뒷모습이 보였다.

자신의 앞을 막아선 서윤의 모습을 정확하게 보고 싶었지만 온몸으로 퍼지고 있는 독 때문에 정신의 끈을 붙잡고 있을 수가 없었다.

털썩!

서시가 그대로 바닥에 누워버렸다. 아직 의식은 있었지만 몸을 지탱하고 있을 힘이 없었기 때문이었다.

간발의 차이로 서시가 독기에 당하기 직전 그 앞에 나타난 서윤은 강기막을 펼쳐 기운이 다가오는 것을 막았다.

앞쪽에 집중하느라 서시의 상태를 눈으로 살피지는 못했으나 이어진 쓰러지는 소리에 조급한 마음이 생겼다.

"합!"

서윤이 막처럼 펼쳤던 강기를 뭉쳐 앞으로 쏘아 보냈다.

그러자 서윤의 강기가 독 기운을 휘감고는 역으로 당호엽을 향해 날아갔다.

당호엽은 자신을 향해 날아드는 강기를 보며 더욱 독공을 끌어 올렸다. 그러자 그의 손뿐만 아니라 몸을 휘감고 있던 검은 기운까지 모두 강기를 향해 날아갔다.

콰콰콰콰!

서윤의 강기가 당호엽의 검은 기운과 부딪쳐 흔적도 없이 사라졌다. 그만큼 당호엽의 쏘아 보낸 기운의 위력이 상당하다는 뜻이었다.

서윤의 강기가 깨지며 그 안에 갇혀 있던 독 기운이 연기처럼 퍼져 나갔다.

검은 안개가 낀듯 사방이 어두컴컴해진 상황. 그 순간 서윤이 검은 안개를 뚫고 모습을 드러냈다.

독이 퍼져도 상관없다는 듯 움켜 쥔 주먹에는 푸르스름한 강기가 덧씌워져 있었다.

서윤이 독을 뚫고 나타나자 당호엽은 당황하지 않고 기운을 끌어 올리며 손을 휘저었다.

스스스스슷!

그러자 주변에 있던 검은 독 기운이 서윤을 덮쳐갔다.

마치 소중한 물건을 보자기로 감싸듯 서윤을 휘감은 검은 기운은 순식간에 서윤의 모습이 보이지 않을 정도로 새까맣게 벽을 세웠다.

당호엽은 미소를 지었다.

서윤을 붙잡았다고 생각한 까닭이었다. 그만큼 자신의 독공에 대한 자신감도 있었다.

쾅!

서윤을 둘러싼 검은 기운 안쪽에서 요란한 소리가 들렸다.

하지만 당호엽은 당황하지 않았다. 벗어나려는 서윤의 발악이라고 생각했다.

쾅! 쾅!

서윤이 계속해서 주먹질을 했다.

그럴 때마다 검은 기운이 심하게 요동쳤지만 그렇다고 부서질 것이라는 생각은 조금도 들지 않았다.

쾅! 쾅! 쾅! 쾅!

후려치는 소리가 계속해서 들려왔다.

그리고 미소를 지은 채 그것을 지켜보던 당호엽의 미소가 조금씩 옅어지기 시작했다.

검은 기운이 요동치는 정도가 심해지기 시작했고 마지막에는 아주 작은 틈이 생기는 것까지 본 까닭이었다.

"그렇게 둘 수는 없지."

그렇게 말하며 당호엽이 더욱 기운을 끌어 올렸고 그의 몸에서 더욱 많은 양의 독 기운이 뿜어져 나왔다.

스스스슷!

주변의 살아 있는 것들은 이미 모두 시커멓게 변한 지 오래.

살아 있는 생명이라고는 독과 힘겨운 싸움을 벌이고 있는 서시와 당호엽, 그리고 독에 휩싸여 나오지 못하고 있는 서윤뿐이었다.

당호엽이 뿜어낸 독은 서윤을 둘러싸고 있는 기운에 두께를 더했다.

그러고는 천천히 안쪽으로 스며들기 시작했다.

검은 기운 안쪽에는 상당량의 독이 스며들어 있었다. 만약 그 독이 밖으로 퍼진다면 근방 이백 장 안쪽의 생명을 모조리 말살할 수 있는 정도였다.

그 안에서 서윤이 살아서 빠져나온다는 것은 있을 수 없는 일이었다.

서윤이 검은 벽을 후려치는 소리가 뜸해지더니 이제는 들리지 않고 있었다.

하지만 당호엽은 섣불리 기운을 거둬들이지 않았다.

혹시 모를 상황에 대비하기 위함이었다.

당호엽은 식은땀을 흘리며 고통에 인상을 찌푸리고 있는 서시를 바라보았다.

우선 그녀부터 처리할 생각으로 천천히 발걸음을 옮겼다.

자신을 향해 다가오는 소리에 서시는 힘겹게 눈을 떴다.

아직 시야가 흐릿했지만 그가 서윤이 아니라는 것 정도

는 구분할 수 있었다.

'멍청한 자식. 돌아가라니까.'

서시가 서윤을 생각하며 속으로 중얼거렸다. 그러면서 이렇게 끝나는구나 싶었다.

천천히 걸어온 당호엽이 서시의 앞에 서서 그녀를 내려다보았다.

"꽤 오래 버텼어. 대단하군."

당호엽의 말에 서시가 없는 힘을 쥐어 짜 입가에 조소를 지었다.

"마지막까지 사람 신경을 긁는군."

그렇게 말하며 당호엽이 양손에 기운을 모았다. 서시의 목숨을 거두기 위함이었다.

당호엽의 손에 모이는 기운을 보며 서시는 눈을 감았다.

독이 퍼져 고통이 심했기에 이대로 그냥 죽었으면 좋겠다는 생각이 들 정도였다.

"잘 가거라."

그렇게 말한 당호엽이 서시를 향해 독수를 휘두르려는 순간이었다.

쩌저저적!

금이 가는 소리가 들리더니 이내 서윤을 둘러싸고 있던 검은 기운이 사방으로 터져 나가기 시작했다.

퍼어어엉!

하지만 그와 함께 뿜어져 나왔어야 할 독은 조금도 움직이지 않았다.

계속해서 서윤의 주변에 머무르고 있었는데 서윤의 움직임에 따라 이리저리 휘둘리고 있었다.

서윤은 연신 주먹을 휘두르고 있었다.

아무렇게나 휘두르는 것이 아니라 풍절비룡권을 펼치고 있었다.

서윤은 후반 이 초식을 제외한 전반과 중반 육 초식을 쉴 새 없이 펼치고 있었다.

그러면서 계속해서 기운을 뿜어냈고 서윤의 주먹을 통해 뿜어져 나간 기운은 그를 둘러싼 검은 기운을 밀어냈다.

반면 안을 가득 채우고 있던 독은 풍절비룡권의 묘리에 의해 밖으로 날아가지 않고 서윤의 주변에 머무르고 있던 것이다.

당호엽 입장에서는 당황스러울 수밖에 없었다.

기운을 깨고 밖으로 나온 것도 그렇지만 그 엄청난 양의 독 안에서 멀쩡하게 살아 숨 쉬고 있다는 것도 놀라웠다.

퍅!

서시를 공격하려던 당호엽이 방향을 틀어 서윤을 향해 달려들었다.

하지만 서윤은 당호엽에게는 시선을 두지 않고 여전히 풍절비룡권을 펼치고 있었다.

파아아아!

서윤이 초식을 펼쳤다. 그러자 서윤의 주변을 맴돌고 있던 독이 당호엽을 향해 뻗어가기 시작했다.

하지만 당호엽은 코웃음을 쳤다.

스스로가 독인이 된 이상 세상 그 어떤 독도 자신에게 해를 입힐 수 없었다.

쾅!

"컥!"

하지만 독과 충돌한 순간 당호엽은 정신이 아득해지는 충격과 함께 강하게 뒤쪽으로 튕겨 나갔다.

볼품없이 몇 번이고 바닥에 튕긴 당호엽은 겨우 중심을 잡고 몸을 지탱하며 믿을 수 없다는 표정을 지었다.

하지만 지금 당호엽의 모습은 예정된 결과였다.

그를 향해 뻗어간 독에는 서윤이 뿜어낸 기운이 뒤섞여 있었기 때문이었다.

단순히 독이라 생각하고 아무 대비 없이 충돌한 당호엽이 자초한 것이나 다름없는 결과였던 것이다.

서윤이 고개를 돌려 당호엽을 바라보았다.

한없이 차가운 서윤의 시선에 당호엽은 몸을 부르르 떨었다.

서윤이 천천히 당호엽을 향해 걸어갔다.

당호엽은 조금씩 서윤과 거리가 가까워질수록 아무것도 할 수 없을 정도로 몸이 딱딱하게 굳었다.

압도적인 존재감.

순간 독인이 된 자신의 힘으로 서윤을 이길 수 있을 거라 생각했던 것이 잘못된 생각이었음을 깨달을 수 있었다.

천천히 걸어오던 서윤이 순간 사라졌다.

그에 당호엽의 눈이 커졌고 그 순간 옆구리 쪽에서 엄청난 통증이 밀려왔다.

순간적으로 기운을 끌어 올렸지만 홀연히 옆에 나타나 주먹을 휘두른 서윤의 공격을 막기에는 역부족이었다.

"컥!"

옆구리에 틀어박힌 공격에 당호엽은 숨이 턱 막히는 것 같은 충격을 받았다.

하지만 그것으로 끝이 아니었다.

쾅! 쾅! 쾅!

서윤은 보이지 않을 정도로 빠르게 움직이며 주먹을 휘둘렀다.

마음만 먹으면 일격에 가루로 만들어 버릴 수도 있었으나 일부로 그러지 않았다.

당호엽은 정신이 없었다.

어디로 사라지고 어디서 나타날지 서윤의 움직임을 예측할 수가 없었다.

어느 정도 예측할 수 있고 느낄 수 있어야 대비도 하고 반격도 할 텐데 전혀 그럴 수가 없었다.

당호엽은 아득해지는 정신을 겨우 붙잡고 있었다.

제대로 눈조차 뜰 수 없을 정도로 몰아치던 서윤의 공격이 일순간 멈췄다.

그에 당호엽이 깊은 숨을 토해내며 눈을 떴다.

그러자 서윤이 차가운 눈빛과 무표정한 얼굴로 당호엽을 쳐다보고 있었다.

당호엽은 화들짝 놀랐다. 물러서려 했지만 서윤이 조금 더 빨랐다.

콰콰콰쾅!

서윤의 주먹이 전광석화같이 당호엽의 몸통에 꽂혔다.

내부가 진탕되는 것은 물론이요, 흘러들어 간 기운이 그의 몸속을 헤집으며 독 기운을 모조리 파괴하고 있었다.

독인이 된 당호엽에게 몸속의 독은 힘의 근간이었다.

그의 몸속에 흘러들어 간 풍령신공의 기운이 근간을 뒤

흔들고 있는 것이었다.

"크헉!"

당호엽이 비틀거렸다. 쓰러지지 않고 버티는 것이 용할
정도였다.

한바탕 휘몰아친 서윤이 다시금 기운을 끌어 올렸다.

그의 주변으로 공기가 요동치기 시작했고 강한 기운이
주먹에 모여들었다.

"합!"

서윤이 주먹을 뻗었다.

그와 함께 강한 기운과 주변의 강한 기압이 뒤엉켜 당호
엽의 몸에 틀어박혔다.

"컥!"

당호엽이 단말마의 비명을 토했다. 그러고는 서서히 무
너져 내렸다.

허물어지는 그의 눈동자에서는 생기를 찾아볼 수가 없
었다.

쓰러진 당호엽을 쳐다보던 서윤은 서둘러 서시에게 다가
갔다.

겨우 독에 저항하고는 있었으나 상태가 많이 좋지 않아
보였다.

서윤은 독 기운을 몰아내기 위해 서둘러 그녀의 몸에

천천히 기운을 불어 넣었다.

"으으으아아!"

서시가 고통에 찬 비명을 질렀다. 그에 서윤도 인상을 찌푸렸다.

서시의 몸에서 서윤의 기운을 제대로 받아들이지 못하고 있었다. 아직까지는 괜찮지만 조금 더 불어 넣으면 목숨이 위험할 수도 있었다.

서윤은 서둘러 그녀를 안아 들었다.

품에 안긴 서시는 고통스러움에 잔뜩 인상을 찌푸리고 있었다.

서윤은 서둘러 땅을 박찼다.

*　　　　*　　　　*

의협대와 황보세가는 빠르게 후퇴하고 있었다.

후퇴하는 사이 호남성 쪽으로 넘어가는 적들과 몇 차례 마주쳤지만 큰 위기 없이 그들을 격퇴할 수 있었다.

서윤이 의협대를 떠나 서시를 구하러 간 지 이틀의 시간이 지났다.

올 때보다 더 빠른 속도로 후퇴했기에 제법 먼 거리를 되돌아온 그들은 아직까지 오지 않는 서윤을 걱정하고 있었다.

특히나 설시연은 겉으로는 태연한 척하고 있었으나 때때로 얼굴에 스치는 감정까지 숨기지는 못하고 있었다.

"괜찮을 겁니다. 너무 걱정하지 마십시오."

천보가 설시연에게 다가와 그녀를 안심시켰다. 그에 설시연이 옅은 미소를 지어 보였다.

"날이 또 저물었네요. 이 밤이 지나면 사흘째인데."

설시연의 말에 천보가 하늘을 올려다보았다.

나뭇가지들 사이로 구름 한 점 없는 맑은 밤하늘이 보였다.

"우리가 믿지 않으면 누가 서윤 시주를 믿겠습니까?"

"믿어요. 믿지만 걱정되는 건 어쩔 수 없네요."

그때 설시연과 천보가 동시에 고개를 돌렸다. 그리고 잠시 후, 서시를 안아 든 서윤이 모습을 드러냈다.

"멀리까지 왔네요."

서윤의 말에 환하게 웃는 설시연이었다.

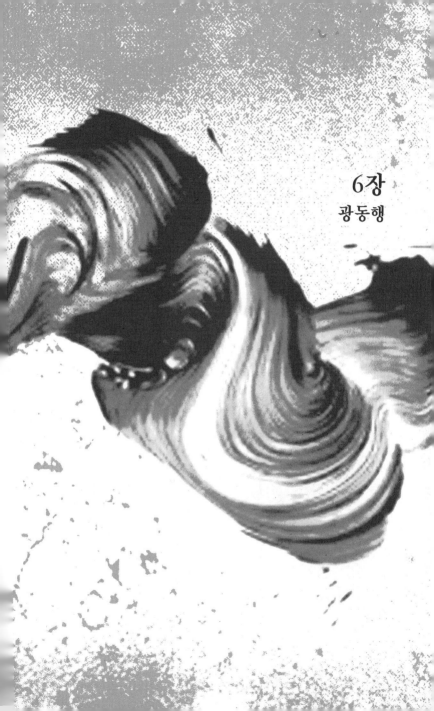

6장
광동행

風神 徐潤

풍신서윤

후개는 귀주성의 소식을 제대로 알지 못한 채로 무림맹
에 도착해 있었다.

오자마자 곧장 제갈공을 찾은 후개는 심각한 표정으로
그의 맞은편에 앉아 있었다.

제갈공의 표정 역시 심각하기는 했으나 후개만큼은 아
니었다.

"제가 오면서 보내드린 내용들은 확인해 보셨습니까?"

"그렇소."

"심각한 상황입니다. 아직 귀주성과의 연락망은 복구가

안 된 상황이고⋯⋯."

후개의 말에 제갈공이 작게 한숨을 쉬고는 말했다.

"너무 심각하게 생각하지 마십시오. 저들의 행동은 어느 정도 예상된 행동입니다."

제갈공의 말에 후개가 그게 무슨 소리냐는 듯 그를 쳐다보았다.

"후개의 장점은 진취적이고 호전적이라는 점이오. 반면 난 수동적이고 조심스러운 면이 있지."

뜬금없는 장단점 얘기에 후개가 살짝 인상을 찌푸렸다. 하지만 제갈공은 신경 쓰지 않고 계속해서 말을 이어나갔다.

"앞만 보고 돌진하는 건 위력적이지만 뒤가 불안하다는 단점이 있지. 나 같은 사람은 가끔 뒤를 먼저 생각하는 경향이 있고. 그래서 미리 대비해 둔 것이 있소."

"대비해 둔 것?"

후개가 눈을 반짝이며 물었다. 그에 제갈공이 옅은 미소를 지은 채 말했다.

"별것 아니오. 귀주성 쪽과 연락이 닿지 않는다 했는데 아마 지금쯤 황보세가 병력이 의협대와 만나 행동을 같이하고 있을 것이오."

"황보세가가?"

"그렇소. 개방이 돕고 있다고는 하지만 적들이 방어가 아닌 공세로 나온다면 서윤이 있다고는 하지만 의협대만으로 사천까지 뚫고 가는 건 어렵다고 봤소. 그래서 황보가 주께 중경으로 들어서면 중간에 귀주성으로 방향을 틀어 의협대와 합류하라고 했지."

"아아······."

제갈공의 말에 후개가 조금은 안심하는 표정을 지었다.

그러다가 무언가 다른 것이 생각났는지 제갈공에게 물었다.

"그렇다면 혹시 남궁가와 팽가도 다른 임무를 띠고 있습니까?"

"팽가는 원래대로 사천으로 진격 중이오. 분산시켜야 주력인 의협대가 당가든 청성이든 어디에 좀 더 수월하게 당도할 수 있으니. 남궁가는······."

"다른 임무가 있군요."

후개의 말에 제갈공이 고개를 끄덕였다.

"남궁가는 현재 청해성(靑海省) 쪽으로 가는 중이오."

"곤륜(崑崙)!"

"그렇소."

제갈공의 말에 후개는 깜짝 놀랐다.

구파일방 중 하나로 일컬어지기는 하지만 중원과는 거리

가 먼 청해성 끝 쪽에 자리하고 있어 중원에 거의 나오지를 않고 있었다.

그럼에도 구파일방의 한 자리를 차지하고 있는 것은 서장의 포달랍궁이나 배교 등 사마외도의 중원 침공을 막는 중요한 역할을 하고 있기 때문이었다.

"길이 험합니다. 게다가 거리도 상당하고."

"그렇기는 하지만 지금으로서는 어느 한 곳의 힘이라도 빌려야 하오. 다행이라면 곤륜까지는 마교 쪽에서 건드리지 않았다는 점이지. 감숙성만 무사히 지날 수 있다면 곤륜까지는 어렵지 않을 것이오."

제갈공의 말에 후개도 고개를 끄덕였다. 지금은 부디 늦지 않게 도착하길 바라는 수밖에 없었다.

그때 밖이 조금 소란스러워졌고 제갈공이 밖을 향해 소리쳤다.

"무슨 일이냐!"

그러자 문이 열리고 후개와 함께 온 거지 한 명이 다급한 표정으로 들어왔다.

"무슨 일이지?"

"큰일입니다! 적들이 섬서로 진입하고 있습니다!"

거지의 보고에 후개가 자리에서 벌떡 일어났다.

"섬서라고! 큰일이다. 방주님이 계신 곳이다!"

개방 방주는 호걸개에게 후개 자리를 하사한 후 그가 있던 섬서 지부에 가서 회복에 전념하고 있었다.

다행히 중독되었던 것들은 모두 몰아낸 상태라 무위를 회복하고자 구슬땀을 흘리고 있었다.

"방도들은 얼마나 있지?"

"백 명 정도인데 빨리 끌어모으면 이백 가까이는 만들 수 있습니다."

거지의 말에 제갈공이 놀란 표정을 지었다.

아무리 개방에 속한 거지들의 숫자가 많다고는 하지만 순식간에 이백의 병력을 모을 수 있다는 얘기를 들으니 새삼 그 규모가 대단하게 느껴졌다.

"서둘러 모아! 나도 곧장 섬서성으로 출발하겠다. 저들이 오는데 얼마나 걸릴 것 같지?"

"늦어도 보름, 빠르면 열흘입니다."

"젠장. 촉박하군."

후개가 난감한 표정을 지었다. 그러자 제갈공이 나섰다.

"제게 제법 쓸 만한 말이 있습니다. 한동안 도통 틈이 나질 않아 못 탔지만 주력이 상당한 녀석입니다. 그 녀석을 타고 가시지요."

"감사합니다. 나중에 꼭 다시 가져다드리겠습니다."

"그러십시오."

"그럼 이만."

짧게 인사 한 후개가 서둘러 제갈공의 처소를 나섰다.

"후……."

후개가 물러가고 짧게 한숨을 내쉰 제갈공은 살짝 인상을 찌푸린 채 창문부터 열었다.

*   *   *

개방 섬서 분타.

호걸개가 쓰던 처소를 지금은 방주가 사용하고 있었다.

방주는 처소 밖으로 거의 나오지 않고 있었다.

호걸개가 후개가 되어 분타를 떠난 후 다른 분타주가 그 역할을 대신하고 있었기에 굳이 그가 나서서 할 일은 없었다.

그 덕분에 처소에서 무공 회복에만 전념하며 시간을 보낼 수 있었다.

처음에는 방주가 와 있기에 분타의 방도들이 눈치를 보고 어려워하는 기색이 보였으나 방주가 연일 두문불출하자 지금은 예전처럼 할 일을 해나가고 있었다.

"후우……."

운기를 마치고 눈을 뜬 방주가 작게 한숨을 쉬었다. 회복되고는 있었으나 예전처럼 돌아가기에는 시간이 제법 오래 걸릴 듯했다.

'아니면 예전으로 돌아갈 수 없을지도.'

그렇게 중얼거린 방주는 잠시 예전을 떠올리며 추억에 잠겼다.

무공을 익히고 숱한 경험을 하여 방주의 자리까지 오른 과거가 주마등처럼 스쳐갔다.

'음?'

잠시 상념에 잠겨 있던 그때, 방주는 밖이 부쩍 소란스러워진 것을 느끼고는 몸을 일으켜 밖으로 나갔다.

밖으로 나간 방주는 분주하게 움직이는 방도들의 모습에 심상치 않은 분위기를 느꼈다. 그러고는 꾸벅 인사를 하고 바로 앞을 지나가는 방도를 붙잡았다.

"무슨 일이더냐?"

"적들이 오고 있다 합니다."

"적들이? 이곳으로?"

"예. 열흘 정도 후면 당도할 것으로 보입니다."

방도의 말에 인상을 찌푸린 방주는 방도를 보내고는 곧장 분타주의 방으로 향했다.

새롭게 섬서 분타의 분타주가 된 홍걸개는 방도들이 가져온 서류들을 심각한 표정으로 뒤적이고 있었다.

그러다가 방주가 들어오자 화들짝 놀라 자리에서 일어났다.

"고생이 많구만."

"아닙니다. 이쪽으로 앉으시지요."

방주는 홍걸개가 권한 상석에 앉고는 나직이 물었다.

"적들이 몰려오고 있다지?"

"예. 열흘 정도 걸릴 거라고 합니다."

"후개는 알고 있나?"

"예. 소식을 전했고 급히 이쪽으로 오고 있다고는 합니다만……."

"시간이 촉박하겠구만. 아슬아슬하게 도착하거나 늦거나."

"그렇습니다. 어쨌든 지금 만반의 준비를 하고 있는 중입니다."

"저들 전력이 어느 정도 되는지는 파악이 됐고?"

"파악 중입니다."

홍걸개의 대답에 방주가 인상을 찌푸렸다.

개방의 정보력이 이렇게나 떨어져 있다는 것이 불만족스러웠기 때문이었다.

'다 내 탓인 것을…….'

묵걸개가 이렇게 해놓은 것이라고는 하지만 자신이 힘이

있고 당하지 않았다면 벌어지지 않았을 일이었기에 방주
는 자신을 탓하고 있었다.

"분타주가 자네이긴 하지만 중간중간 준비 상황을 내게
보고해 줬으면 좋겠군."

"물론입니다. 그렇게 하겠습니다."

홍걸개의 대답에 방주가 고개를 끄덕였다.

지금까지 회복한 무위는 본래의 약 육 할 정도에 불과했
다. 하지만 그렇다고 해서 방구석에 앉아 가만히 있을 수
도 없는 노릇이었다.

'분풀이를 좀 해야겠구만.'

그렇게 중얼거린 방주가 자리에서 일어나 자신의 처소
로 발걸음을 옮겼다.

적들이 오기까지 열흘.

그동안 조금이라도 무공을 회복해 놔야 했다.

죽을 때 최대한 많은 수의 적을 함께 끌어안고 가겠다
는 각오였다.

*　　　　*　　　　*

일행과 합류한 서윤은 빠르게 호남성으로 향했다.

계속해서 조금씩 풍령신공의 진기를 불어 넣어 독이 펴

지는 것을 막고는 있었으나 그것으로 끝이었다.

기본적으로 서윤의 진기를 서시의 몸이 받아들이지를 않고 있었기에 독 기운을 완전히 몰아낼 수가 없었다.

설시연이 나서서 서윤 대신 진기를 불어 넣어봤지만 마찬가지였다.

서윤보다 조금 더 불어 넣을 수 있는 수준이었지만 그정도 가지고 독 기운을 몰아내기에는 역부족이었다.

그러다 보니 자연스럽게 일행들의 속도도 빨라질 수밖에 없었다.

호남성으로 넘어가는 사이에 적들과 몇 차례 마주쳤으나 그때마다 서윤이 나서서 적들을 쓸어버렸다.

적들 사이에 서윤에 대적할 만한 고수가 없기는 했지만 이처럼 압도적인 모습으로 적들을 쓰러뜨리는 걸 보니 서윤의 마음이 어떤지를 충분히 짐작할 수 있었다.

회화현에 도착한 서윤은 설백과 의선이 무림맹으로 떠났다는 이야기를 듣고는 곧장 무림맹으로 향하려 했다.

하지만 회화현에 남아 있던 개방도의 말 한 마디가 그의 발걸음을 붙잡았다.

"섬서성 쪽으로 적들이 진격 중이라고 합니다."

"섬서성 쪽으로? 그곳은 방주님이 계신 쪽이 아닌가?"

"그렇습니다."

황보진원의 물음에 개방도가 굳은 표정으로 대답했다.

"방주님은 아직 무공을 다 회복하지 못하셨을 텐데……."

"예. 그래서 후개도 급하게 섬서성으로 향하고 있습니다."

"흠… 적의 규모가 어느 정도 되는지는 아직 모르고?"

"족히 이백은 넘을 것으로 보입니다. 그래서 급하게 개방도들도 끌어모으고 있고요."

"이백이나?"

황보진원이 인상을 찌푸렸다. 그러고는 잠시 생각하더니 서윤을 보며 말했다.

"아무래도 우리는 곧장 섬서성으로 가봐야겠네."

"괜찮으시겠습니까? 다들 피로가 많이 쌓여 있을 텐데."

서윤이 피곤한 기색이 역력한 황보가 무인들을 슬쩍 바라보며 말했다.

"별수 있겠는가? 일단 이곳에서 반나절 정도 쉬고 떠날 생각이네. 자네는 곧장 무림맹으로 가봐야겠지?"

"아무래도……."

서윤이 한쪽에 눕혀 놓은 서시를 보며 중얼거리듯 말했다.

"너무 걱정 말게. 의선께 잘 데리고 가기만 하면 문제없을 걸세. 가서 사천 상황을 군사께 전하고 다음 지령을 받아 움직이게."

"알겠습니다."

짧게 대답하는 서윤의 어깨를 가볍게 두드려 준 황보진원은 세가 무인들이 있는 쪽으로 발걸음을 옮겼다.

대원들이 있는 곳으로 돌아온 서윤이 말했다.

"한 시진 휴식하고 무림맹으로 향하겠습니다. 직전까지처럼 빠른 속도로 이동하지는 않을 것이니 마음 편히 쉬십시오."

그렇게 말한 서윤은 설시연의 옆에 가서 앉았다.

그녀의 앞에는 서시가 창백한 표정으로 누워 고통스러워하고 있었다.

"괜찮을까요?"

"괜찮아야죠."

그렇게 대답하고 입을 다무는 서윤을 물끄러미 바라보던 설시연이 다시 입을 열었다.

"이러면 안 되는 줄 알면서도 자꾸 그런 마음이 들어요."

"무슨 마음이요?"

서윤의 물음에 설시연이 허공을 바라보며 대답했다.

"질투심이요."

"질투심?"

서윤이 의외라는 시선으로 그녀를 바라보았다.

지금껏 서윤 앞에서 설시연이 질투하는 모습을 보인 적이 없었기 때문이었다.

"네. 질투심이요. 봉황곡주를 생각하는 가가의 마음이 여인을 대하는 마음이 아니라는 것도 알고, 주변 사람을 얼마나 소중히 생각하는지도 잘 아는데 어쩔 수가 없네요."

덤덤하게 말하는 설시연을 서윤은 가만히 바라보고 있었다.

화를 내는 것도 아니고 그저 덤덤하게 아쉬움을 표현하는 그녀를 보니 서윤은 미안한 마음이 들었다.

그녀를 바라보는 시간보다 다른 쪽을 바라보는 시간이 더 많았던 것 같다는 생각도 들었다.

미안한 생각들이 꼬리에 꼬리를 물기 시작할 때, 설시연이 서윤의 손을 잡았다.

"그러니까 앞으로는 이 위기가 끝나면 나만 봐주세요."

그렇게 말하며 설시연이 미소를 지었다. 그에 서윤도 마주 미소를 지으며 고개를 끄덕였다.

"그럴게요."

서윤의 말에 더욱 진한 미소를 지은 설시연이 돌연 서윤의 볼에 입맞춤을 했다.

잠시 당황한 표정을 지었던 서윤도 미소와 함께 더욱 힘

주어 그녀의 손을 잡아주었다.

고통 때문에 의식이 가물가물한 상태에서도 서시는 두 사람의 대화를 듣고 있었다.

두 사람의 대화를 들은 서시가 몸을 뒤척이며 두 사람의 반대쪽으로 몸을 틀었다.

그런 그녀의 눈가에는 고통 때문인지 아니면 슬픔 때문인지 모를 눈물 한 방울이 맺혀 있었다.

*   *   *

서윤과 의협대는 먼저 회화현을 떠났다.

상대적으로 수월한 길이기도 했고 서시의 상태가 더 이상 시간을 지체해서는 안 될 것 같았기 때문이었다.

서윤 일행은 너무 느리지도 않게, 그렇다고 너무 빠르지도 않게 이동하고 있었다.

마음 같아서는 더 속도를 내고 싶었으나 서윤은 그간 대원들이 얼마나 고생했는지 그 누구보다 잘 알고 있었기에 더 이상 속도를 내지는 않고 있었다.

회화현을 떠나 동구현을 지나 소양(邵陽)현에 도착하자 개방도가 서윤을 기다리고 있었다.

예정에 없던 개방도의 기다림에 서윤은 살짝 불안한 마

음이 들었다.

대원들에게 휴식을 준 후 개방도와 마주한 서윤은 그의 이야기에 심각한 표정을 지었다.

"하여 광동성 쪽으로 밀고 들어오는 적들을 좀 막아달라는 것이 군사의 전언입니다."

"흠……."

서윤이 대원들을 슬쩍 쳐다보고는 개방도에게 말했다.

"알겠습니다. 대신 이 말을 군사께 전해주십시오. 사천은 포기해야 한다고."

"그건 이미 알고 계십니다. 보고가 올라갔고 대책을 마련하고 계십니다. 그보다는 섬서 쪽으로 진출하는 적들과 광동 쪽으로 진출하는 적들이 시급하다고 판단하시는 모양입니다."

"알겠습니다. 잠시만 기다려주십시오."

그렇게 말한 서윤이 설시연에게 다가갔다.

"아무래도 광동성으로 가봐야 할 것 같아요."

"광동성에요? 설마……."

설시연의 말에 서윤이 고개를 끄덕이고는 말을 이었다.

"누이는 곡주를 데리고 무림맹으로 가주세요. 독이 퍼지지 않도록 주기적으로 봐줄 사람이 지금은 없어요. 전 대원들하고 광동성 쪽으로 곧장 출발해야겠습니다."

"조심해요. 저도 무림맹에 갔다가 곧장 출발할게요."

그녀의 말에 서윤이 고개를 저었다.

"아니요. 누이는 무림맹에 가서 군사께 다음 지령을 받으세요. 무림맹을 중심으로 위쪽하고 아래쪽으로 향하는 걸 보니 또 다른 뭔가가 있을 것 같아요. 소림하고 무당이 대기 중일 테니 다른 일이 있을 거예요."

"조심해요."

"걱정 말아요. 이제 안 져요."

서윤은 그렇게 말하고는 설시연을 향해 미소를 지어 보였다.

그녀와 대화를 마친 서윤이 휴식을 취하고 있는 대원들을 불러 모았다.

"아무래도 우리는 곧장 광동성 쪽으로 가야 할 듯합니다. 적들이 그쪽으로 쳐들어오고 있다 하더군요."

"광동성? 그쪽에는 뭐가 아무것도 없을 텐데."

영호광의 말에 서윤이 고개를 저었다.

"문파가 거대 문파만 있는 건 아니니. 녹림과 흑도를 이용해 중소 문파들을 격파했다지만 남아 있는 곳이 많습니다. 특히나 호남성 아래쪽은 더더욱."

"씨를 말릴 생각인 건가."

"그러려는 것 같은데요."

영호광의 중얼거림을 위지강이 받았다.

"아무튼 곧장 출발해야 하니 채비하십시오."

"예!"

서윤의 말에 대원들이 서둘러 출발 준비를 하기 시작했다.

그런 대원들을 한 번 살핀 후 서윤이 다시금 개방도에게 다가가 말했다.

"설 누이와 함께 가십시오. 그리고 누이가 데리고 있는 여인도 좀 부탁합니다. 독에 중독된 상태라 중간중간 쉬면서 누이가 독을 막아야 합니다. 무림맹에 도착하면 곧장 의선께 데려가십시오."

"그러겠습니다."

개방도에게 설시연과 서시를 부탁한 서윤이 대원들이 있는 곳으로 합류했다.

"갈게요."

"네. 조심해요."

설시연과 짧은 인사를 나눈 서윤은 곧장 대원들과 남하하기 시작했다.

그 모습을 잠시 동안 물끄러미 바라보던 설시연은 서시를 들쳐 업은 개방도와 함께 서둘러 무림맹으로 향했다.

                    *   *   *

　광동성으로 진격하고 있는 이들은 마도 쪽 연합군이었
다.

　연합군이라는 명목으로 한데 뭉쳐 있긴 했지만 다들 서
로가 더 큰 공적을 세우려고 견제하고 있었다.

　'한심한 놈들.'

　그런 그들을 보며 속으로 중얼거리는 사람이 있었으니,
바로 궁마존이었다.

　자신이 선택해서 이들과 동행 중이었지만, 궁마존은 이
들이 마음에 들지 않았다. 그들의 의중이 너무 눈에 빤히
보인 까닭이었다.

　'이래서 마교도 외에 다른 것들은 상종을 하지 말아야
하는 건데.'

　궁마존이 못마땅하다는 표정을 지은 채 다시금 속으로
중얼거렸다.

　휴식을 취할 때에도 그들은 끼리끼리 모여 있었고 일절
대화도 하지 않았다.

　가끔 눈이 마주칠 때면 불꽃이 튀었다.

　누가 적이고 누가 아군인지 모를 분위기가 흐르고 있었
다.

그러다 보니 궁마존은 내심 이쪽으로 따라온 것을 후회하고 있었다.

그리고 뭘 하든 궁마존도 그들과 적당히 거리를 두고 있었다. 어차피 지금까지는 굳이 자신이 나서지 않아도 그들이 눈에 불을 켜고 나섰기에 할 것도 없었다.

나중에 가서 정도 쪽 고수가 나타나면 그때 가서야 자신이 나서면 될 일이었다.

*   *   *

광동성 초입에 들어선 마도 병력은 휴식을 취했다.

워낙 흉흉한 기세를 뿜어내고 있는 터라 그들이 있는 것을 모르고 근처를 지나던 사람들이 화들짝 놀라고는 황급히 발걸음을 돌리곤 했다.

마도인들은 그 모습을 보고는 되려 재미있다는 듯 짓궂게 웃을 뿐이었다.

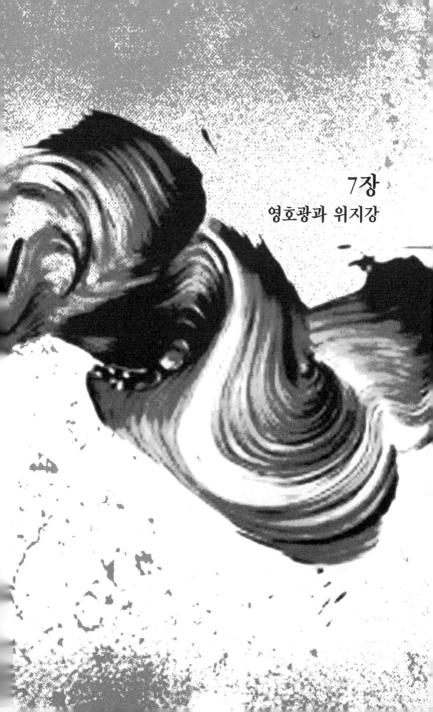

7장
영호광과 위지강

風神 徐閤

풍신서윤

　서윤과 의협대는 굳은 표정으로 남하하고 있었다.

　그간의 고된 일정을 생각하면 무리에 가까운 행보였지만 다행스럽게도 대원들의 몸놀림은 가벼웠다.

　육체적, 정신적 피로는 상당했지만 적에게 쫓기는 상황에 비해서 심리적 부담감은 훨씬 덜 했다.

　광동성으로 향하며 서윤은 불산에서 만났던 황노와 신월파의 장문인인 유대호 등을 떠올렸다.

　폭렬단주의 일이 있기 전까지 불산은 나름 좋은 기억을 떠올리게 해주었던 곳이라 더욱 신경이 쓰였다.

물론 적들이 불산을 목적지로 정하고 움직이는 것은 아니었지만 불산에는 신월파를 비롯한 세 문파가 있기에 어떤 식으로든 싸움이 벌어질 것이 분명했다.

노숙까지 해가며 며칠을 달린 서윤과 의협대는 광동성 련주(連州)현에 도착해서는 적들의 동태도 살필 겸 하루 정도 쉬어가기로 했다.

대원들은 오랜만의 제대로 된 휴식에 기분이 좋은 듯 없던 힘도 내어 객점을 찾아 돌아다녔다.

가장 먼저 객점을 찾아낸 영호광이 서윤에게 돌아와 말했고, 대원들은 그곳에 짐을 풀었다.

오랜만에 단체 손님을 받은 객점 주인은 정신없는 듯 보였지만 표정만큼은 굉장히 밝았다.

대원들이 모두 짐을 풀자 서윤은 영호광과 위지강을 자신의 방으로 불렀다.

휴식을 취하다가 서윤에게 불려온 두 사람은 살짝 긴장한 표정을 지었다.

"두 분은 곧장 가까운 개방 분타에 좀 다녀와 주십시오. 이쯤에서 개방도와 만나야 하는데 아직까지 연락이 없군요. 적들이 어떤 경로로 오고 있는지 병력은 얼마나 되는지 꼼꼼하게 알아 오셔야 합니다."

"알겠습니다."

"쉬어야 하는데 또 이런 부탁을 해서 미안합니다."

"아닙니다. 괜찮습니다. 그럼 바로 출발하도록 하겠습니다."

서윤의 말에 바로 대답한 영호광은 위지강을 데리고 밖으로 나갔다.

간단하게 짐을 꾸린 두 사람은 그날 장사를 모두 마치고 정리를 하고 있는 객점 주인에게 다가갔다.

"주인장, 말씀 좀 묻겠습니다."

"예. 말씀 하십시오."

"여기서 가장 가까운 개방 분타가 혹시 어디 있는지 아십니까?"

영호광의 물음에 객점 주인이 잠시 인상을 찌푸리며 골똘히 생각하더니 생각났다는 듯 말했다.

"듣기로는 가까운 양산현에는 없고 좀 멀리 떨어진 영덕(英德)현까지는 가야 하는 거로 알고 있습니다."

"얼마나 걸립니까?"

"보통 사람들이 부지런히 걸으면 칠주야 정도 걸립니다."

객점 주인의 말에 영호광과 위지강이 서로를 바라보며 작게 한숨을 쉬었다. 제대로 쉬지도 못하고 먼 길을 떠나야 하는 상황에 자신들도 모르게 나온 한숨이었다.

"며칠 먹을 간단한 음식들 좀 만들어 주실 수 있겠습니까? 상하지 않을 것들로."

"예? 아, 예. 알겠습니다."

그렇게 대답한 객점 주인은 하던 것을 멈추고는 곧장 주방으로 들어갔다. 며칠 간 상하지 않을 음식이라고 해봐야 건량이나 육포 같은 것들이기에 준비하는 데 시간이 오래 걸리지는 않았다.

"여기 있습니다."

"고맙습니다."

웃으며 인사한 영호광은 받아든 건량과 육포를 위지강에게 건네주고는 객점을 나섰다.

얼떨결에 음식을 받아 든 위지강은 작게 한숨을 쉬고는 서둘러 그 뒤를 따라 밖으로 나갔다.

*　　*　　*

보통 사람이 칠주야 걸릴 거리라면 두 사람에게는 사흘이면 될 거리였다. 그러나 중요한 정보를 얻으러 가는 길이기는 했지만 두 사람은 무리하기보다는 충분히 쉬면서 길을 가고 있었다.

"형님, 적들이 얼마나 몰려올까요?"

"글쎄. 너무 많지는 않았으면 좋겠는데."

날이 어둑해지자 두 사람은 근처 숲으로 들어가 적당한 나무 밑에 주저앉아 육포를 질겅질겅 씹으며 대화를 나누고 있었다.

"왜요? 많아도 대주님이 계신데."

"마, 아무리 그래도 머릿수가 많으면 힘든 법이야. 그리고 언제까지 대주님이 우리를 다 지켜줄 수가 없잖아. 만약 적들 사이에 엄청난 고수라도 있어 봐라. 그럼 우린 어떻게 할래? 대주님 없이 우리끼리 감당할 수 있는 숫자가 딱 좋은 거야."

"하긴 그것도 그렇겠네요."

툭! 툭!

"어?"

콧등 위로 물방울 하나가 떨어진 것을 느낀 위지강이 하늘을 올려다보았다.

나뭇잎 사이로 보이는 하늘에는 시커먼 먹구름이 드리워져 있었다.

"젠장. 이럴 때 비라니. 좀 더 안쪽으로 들어가자."

"옙!"

두 사람은 서둘러 짐을 챙겨 좀 더 숲 안쪽으로 들어갔다.

좀 더 울창한 곳으로 들어온 두 사람은 확실히 줄어든

빗줄기에 안도하고 있었다.

"좀 낫네."

"그러게요. 그래도 옷은 다 젖을 것 같은데. 잠은 다 잤네요."

"근처에 토굴 같은 것도 없으려나."

"찾아볼까요?"

"아서라. 길 잃으면 어쩌려고. 그냥 뜬 눈으로 밤 새야지."

"하……."

영호광의 말에 위지강이 작게 한숨을 쉬었다.

단순히 오늘 밤이 문제가 아니라 당장 내일부터 젖은 옷을 입고 돌아다녀야 한다는 것이 문제였다.

"이럴 줄 알았으면 빨리 가는 건데."

"빨리 간다고 해서 이 비를 피할 수는 없었을 것 같은데."

"마을이라도 있었을지 모르잖아요. 그런 곳은 인심이 좋아서 하룻밤 정도는 잘 수 있는 곳을 내준다고요."

위지강의 말에 피식 웃으며 고개를 끄덕인 영호광의 표정이 갑자기 딱딱하게 굳었다.

"왜… 읍!"

위지강의 물음에 영호광이 그의 입을 틀어막았다. 그의

심각한 표정에 위지강은 작게 고개를 끄덕였다.

[주변 분위기가 심상치 않다. 조용히 짐 들어.]
[넵.]

영호광의 전음에 위지강은 조용히 짐을 챙겨 들었다. 영호광 역시 자신의 짐을 챙겨 들고는 조심스럽게 자리에서 일어났다.

쏴아아아아!

후두두두둑!

주변은 빗소리와 빗방울이 나뭇잎과 부딪치는 소리만 요란하게 들릴 뿐이었다.

그 외 다른 소리는 불어오는 바람 소리뿐이었다.

도대체 영호광은 무엇을 들었고 무엇을 느낀 것일까. 그런 의문을 품은 그 순간, 영호광이 위지강의 팔을 잡아끌었다.

[이쪽이야! 정신 차려! 주변의 기운을 느껴!]

영호광의 다급한 목소리가 전음으로 들려왔다. 갑작스러운 상황에 당황하던 위지강도 그 목소리에 정신을 차리고 주변을 살피기 시작했다.

그러자 가까운 곳에서 미약하게 인기척이 느껴졌다.

'적? 젠장!'

위지강이 속으로 욕을 내뱉었다.

무려 일반인 걸음으로 칠주야가 걸리는 거리다. 적들과 마주치지 않을 거라고 안일하게 생각한 자신이 너무 한심스러웠다.

[아직 적들이 눈치채지 못한 것 같다. 그러니까 최대한 은밀하면서도 빠르게 움직이는 거다.]

[넵.]

영호광의 전음에 위지강이 고개를 끄덕이며 말했다.

적의 숫자는 많다. 그들의 자신들의 위치를 파악하고 쫓는다면 큰일이겠지만 지금은 아니었다.

숨기고 도망칠 수 있다면 위기를 벗어날 수 있었다.

위지강은 영호광을 따라 은밀하게 움직이며 이 위기를 벗어나면 절대 방심하지 않겠노라 다짐하고 있었다.

*   *   *

"뭐라고요? 개방에서요?"

"예. 한데 상태가 좋지 않습니다. 서둘러 만나 보셔야 할 것 같습니다."

천보의 말에 서윤이 서둘러 객점 앞으로 나갔다. 그곳에는 곳곳에 상처를 입어 심각한 상태의 개방도 한 명이 찾아와 있었다.

"어떻게 된 겁니까? 그것보다 일단 안으로."

"예."

서윤의 말에 천보가 서둘러 개방도를 부축해 객점 안으로 데리고 들어갔다.

심한 상처를 입은 상태에서 먼 거리를 온 까닭에 개방도는 지쳐 쓰러지기 직전이었다.

"어떻게 된 겁니까?"

"적들이… 쫙 깔렸습니다. 원래 몇 명이 함께 왔는데 다 죽고 저만……."

개방도가 침통한 표정으로 말했다. 그에 서윤이 주먹을 으스러지도록 쥐었다.

"당장 대원들을 모으십시오. 출발합니다. 영호광과 위지강이 위험합니다."

"알겠습니다."

천보가 서둘러 대원들의 방이 있는 이층으로 뛰어 올라

갔다.

"젠장. 내 불찰이다. 하루만 더 기다려 봤어도……."

그렇게 중얼거린 서윤이 급하게 객점 주인을 찾았다. 그러자 분위기가 심각한 것을 읽었는지 객점 주인이 부리나케 달려왔다.

"부탁 하나 드리겠습니다. 의원을 불러 이자를 좀 부탁합니다."

"알겠습니다. 걱정 마십시오."

서윤의 말에 고개를 끄덕인 객점 주인이 우산을 들고 밖으로 달려 나갔다.

모처럼의 휴식을 즐기고 있던 대원들은 천보의 다급한 부름에 모두 일층으로 내려왔다.

그러고는 심각한 표정의 서윤과 마주했다.

"적들이 생각보다 많이 깔린 모양입니다. 사실이라면 영호광과 위지강이 위험합니다. 곧바로 두 사람을 구하러 갈 예정이니 채비하고 오십시오. 최대한 빨리."

"예!"

대원들이 짧게 대답하고는 서둘러 방으로 돌아갔다. 챙길 것이 많지 않았기에 다들 일 각도 채 되지 않아 다시 모였다.

"가죠."

서윤의 말에 대원들 모두가 망설임 없이 객점을 나서 빗줄기 쏟아지는 어둠 속으로 달려 나갔다.

　　　　＊　　　　　＊　　　　　＊

영호광과 위지강은 빗속을 뚫고 달리고 있었다.

아직까지 적이 쫓아오는 것 같지는 않았으나 안심할 수는 없었다.

또렷하지는 않아도 중간중간 적들의 기척이 멀지 않은 곳에서 느껴졌기 때문이었다.

까딱하면 적들과 마주쳐 최악의 상황을 맞이할 수도 있었다.

온 신경을 집중하고 있는데다가 비까지 맞고 있는 상황이라 두 사람의 체력은 급격히 떨어져 가고 있었다.

쉬지 못하면 집중력이 떨어져 위험해질 수 있었지만 그렇다고 쉴 수도 없었다.

말 그대로 사면초가의 상황.

두 사람이 선택할 수 있는 건 필사의 도주밖에 없었다.

'대원들이라도 있었다면……'

위지강이 속으로 생각했다. 지금처럼 대원들이 그리운 적이 없었다. 다시 만나면 부둥켜안고 볼에 입맞춤이라도 해주고 싶은 심정이었다.

[멈춰.]

영호광의 전음에 위지강이 발걸음을 멈추고 길게 자란 수풀 속으로 재빨리 몸을 낮췄다.

약 삼 장 정도 떨어진 거리에 적들의 모습이 보였다.

숫자는 다섯.

많은 숫자는 아니었지만 각각의 실력이 어느 정도 되는지 알 수 없는 상황에서는 충분히 부담될 수 있는 숫자였다.

들키지 않는 것이 상책.

두 사람은 최대한 몸을 웅크린 채 그들이 떠나기를 기다렸다.

쏴아아아아!

비는 계속 내렸다. 움직일 때는 몰랐는데 가만히 있으면서 비를 맞으니 체온이 떨어지는 것을 느꼈다.

내력 때문에 그나마 버틸 수 있는 것이지 일반인 같았으면 큰 사달이 났을지도 몰랐다.

적들이 떠나길 기다리던 두 사람의 바람은 물거품이 되었다.

떠나기는커녕 다섯 명이 더 늘어난 것이다. 그에 영호광
과 위지강은 잔뜩 인상을 찌푸렸다.

[안 되겠다. 이 상태로 천천히 움직이자.]

[들키면 어쩌죠?]

[안 들키길 바라야지. 이대로 있다가는 적들한테 들키기
전에 우리가 어떻게 될지도 몰라.]

[그렇긴 하네요. 가죠.]

그렇게 말한 두 사람은 쪼그려 앉은 채로 조심조심 발걸
음을 내디뎠다.

그나마 다행인 점은 빗소리와 바람 소리 등 여러 가지
소리들이 주변을 덮고 있어 두 사람이 움직이면서 나는 작
은 소리들이 묻히고 있다는 점이었다.

하지만 그럼에도 두 사람이 움직이는 속도는 굉장히 더
뎠다. 쪼그리고 앉아서 발걸음을 옮기기가 쉽지 않았다.

뚜둑!

'젠장!'

위지강이 속으로 욕지거리를 내뱉었다. 앞에 있던 나뭇
가지를 미처 보지 못하고 밟아 버린 것이다.

다행히 물기가 있어 소리가 크게 나지는 않았지만 위지

강의 귀에는 천둥소리보다 더 크게 들렸다.

두 사람은 그 상태로 멈춰 서서 고개도 들지 못하고 가만히 있었다. 다행히 적들의 귀에까지 소리가 들리지는 않은 모양이었다.

[조심해!]
[알았어요.]

짧은 전음을 주고받은 두 사람은 다시금 천천히 앞으로 나아갔다.

그렇게 얼마를 더 갔을까.

적당히 멀어지자 때마침 적들도 자리를 옮겼다. 그들이 멀어지는 것이 느껴지자 누가 먼저라고 할 것 없이 안도의 한숨을 쉰 두 사람은 그제야 자리에서 몸을 일으켰다.

"안 되겠다. 토굴 같은 거라도 좀 찾아봐야겠어. 이대로 가다가는 얼어 죽겠다."

"그래요."

두 사람은 서둘러 그 자리를 벗어나며 눈으로는 빠르게 주변을 훑어 토굴을 찾기 시작했다. 어둠 때문에 찾기가 쉽지는 않겠지만 그들은 필사적이었다.

서윤과 의협대는 빠른 속도로 달렸다.

개방 분타가 있는 곳은 알지만 두 사람이 어느 길로 갔는지 알 수 없었기에 추적이 어려울 수밖에 없었다.

하지만 제대로 휴식을 취하지 못하고 임무를 맡은 점, 그리고 두 사람의 성격에 미루어 봤을 때 최대한 빨리 갈 수 있는 길을 택했을 거라는 추측만으로 뒤를 쫓고 있었다.

선두에 선 서윤의 표정은 딱딱했다.

하지만 속은 시커멓게 타들어가고 있었다. 자신의 명령 때문에 두 사람이 위험에 처했다는 생각이 머릿속을 떠나지 않고 있었다.

서윤의 그런 감정이 뒷모습을 통해서도 느껴졌을까.

바로 뒤를 쫓고 있는 천보가 그에게 전음을 보냈다.

[괜찮을 겁니다. 두 사람 모두 실력 있는 무인이 아닙니까?]

[무사해야 합니다.]

서윤의 딱딱한 전음에 천보는 작게 한숨을 내쉬었다. 그 순간 달려 나가는 서윤의 속도가 빨라졌다.

어마어마한 속도.

천보와 대원들은 차마 따라붙을 엄두도 나지 않는 엄청난 속도였다.

처음에는 서윤이 조급한 마음에 속도를 낸 것이라 생각했지만, 이내 그 생각이 틀렸다는 소리가 들려왔다.

"으아악!"

비명 소리. 그제야 천보와 대원들은 앞쪽에 적들이 나타났다는 것을 알아차렸다.

일찌감치 그것을 느낀 서윤이 먼저 치고 나가 적들을 공격한 것이다.

"우리도 어서 가지요!"

천보의 말에 대원들도 속도를 내었다. 그렇게 조금 더 이동하자 앞쪽에서 적들을 쓸어버리고 있는 서윤의 모습이 보였다.

가공할 위력이 담긴 주먹을 망설임 없이 휘두르는 서윤의 모습에서 현재 그의 마음을 알 수 있었다.

서윤은 전광석화와 같은 움직임으로 적진을 휘젓고 있었다.

초식을 사용하는 것도 아니었다.

앞에 있는 적들 중 간결하게 뻗는 그의 주먹을 감당할 수 있는 자들은 없었다.

쫓아온 대원들은 그저 서윤이 열어 놓은 길을 따라가기

만 하면 될 정도로 아무것도 할 것이 없었다.

족히 오십은 되는 것 같은 적들이 서윤 한 명에게 당해 나뒹굴고 있는 모습은 보는 이를 경악하게 만들기 충분했다.

"헉! 헉!"

짧은 순간 격동적으로 움직였기 때문인지 서윤이 거칠게 숨을 내쉬었다. 잠시 그렇게 숨을 고른 서윤이 뒤따라온 대원들을 향해 말했다.

"가죠."

그렇게 말한 서윤이 다시금 앞으로 걸어 나갔다. 대원들은 그저 말없이 그 뒤를 따를 수밖에 없었다.

*   *   *

그야말로 천운이었다.

만약 위지강의 발이 빠지지 않았다면 수풀에 가려져 있던 토굴 입구를 발견하지 못했을 것이다.

비록 경사가 좀 심하게 난 토굴이었지만 두 사람이 들어가기에 충분한 크기였고 수풀이 우거져 적들의 시선을 피하기에도 좋았다.

두 사람은 망설임 없이 토굴 안으로 들어갔다.

빗물이 조금씩 흘러들기는 했지만 그래도 바깥보다는 훨씬 아늑했다.

"후……. 찾아서 다행이네요."

"그러게. 네 덕이다. 부주의가 불러온 천운이군."

영호광의 말에 위지강이 머리를 긁적였다. 영호광도 말은 그렇게 했지만 내심 위지강에게 감사하고 있었다.

"불을 피울 수도 없고 몸을 녹일 방법은 더더욱 없고. 그래도 흙 밑이고 지붕이 있어서 그런지 좀 따뜻한 것 같네."

"그러게요. 후… 진짜 여기 못 찾았으면 밤이 정말 길게 느껴졌을 것 같아요."

"그러게 말이다. 얼른 해라도 떠야 좀 나을 텐데."

영호광이 중얼거리듯 말했다. 하지만 그 말을 비웃기라도 하듯 빗줄기는 더욱 거세지기 시작했다.

어둠은 일찍 찾아 왔지만 해는 늦게 떴다.

숲이고 토굴 안이라 더욱 그랬다. 해는 떴지만 간밤에 내린 비 때문에 날도 흐리고 안개가 자욱했다.

이래서는 시야 면에서는 밤과 다를 바가 없었다.

하지만 그렇다고 마냥 나쁜 것은 아니었다. 자신들도 적을 못 보는 만큼 적들도 자신들을 보지 못할 것이기 때문이었다.

확률은 반반이지만 무조건 안 좋게 볼 것도 아니었다.

거의 밤을 새다시피 한 두 사람은 피곤한 기색으로 슬그머니 토굴을 빠져나왔다.

[빠르게 가는 거야. 앞에 적으로 보이는 자들이 있으면 무조건 공격하고 보는 거다. 치고 튀는 거야.]

[그런 거라면 자신 있어요.]

[시끄럽고. 제발 조심해.]

[알겠어요.]

위지강에게 다시 한 번 주의를 준 영호광이 좌우를 한 번 살피더니 방향을 잡고 움직였다. 그리고 그 뒤를 위지강이 빠르게 따라갔다.

"뒤!"

영호광의 외침에 위지강이 몸을 숙였다.

날카로운 검 하나가 숙인 위지강의 등 한 치 위를 스치고 지나갔다.

간담이 서늘해지는 공격을 피한 위지강이 그대로 몸을 돌리며 주먹을 휘둘렀다.

퍼억!

위지강의 주먹에 맞은 이가 그대로 허물어졌다.

그러자 그 곁을 영호광이 지나갔고 위지강 역시 뒤도 돌아보지 않고 뒤따라 달렸다.

이렇게 적을 쓰러뜨린 것이 벌써 열 명이 넘었다.

한참을 달린 두 사람은 잠시 멈춰 섰다. 토굴에서 쉬었다고는 하지만 제대로 체력을 회복하지 못한 탓에 지금도 죽을 맛이었다.

"하아… 하아… 죽겠다."

"이 방향이 맞긴 해요?"

"이젠 나도 방향을 모르겠다."

영호광의 말에 위지강은 그냥 그 자리에 주저앉고 싶은 마음이 들었다.

안개가 많이 옅어졌다고는 하지만 아직까지 시야가 완벽하지는 않았다. 일 장 앞도 안 보이던 것이 지금은 삼 장 정도로 늘어난 것에 불과했다.

그사이에 자신들이 먼저 적과 마주하고 공격한 것이 천만다행이었다.

"다시 가자."

"네."

잠시 휴식을 취한 두 사람은 다시금 영덕현이 있을 것으로 생각되는 방향을 향해 신형을 던졌다.

궁마존이 합류해 있는 일행들은 순조롭게 나아가고 있었다.

현재 신흥현 쪽을 지나고 있었는데 오는 길에 멸문시킨 문파만 네 곳이 넘었다.

그러면서도 정작 그들은 큰 피해를 입지 않았는데 그것은 궁마존의 힘이 컸다.

그가 쏘아 보내는 화살은 목표를 놓치는 법이 없었다.

게다가 한 명의 목숨만 앗아가는 것이 아니었다. 한 번 쏘면 최소 두 명에서 서너 명은 목숨을 잃었다.

먼 거리에서 날아오는 화살의 위력이 그러하니 기세를 꺾는 데에는 굉장히 효과적이었다.

그에 마도인들이 문파 네 곳을 치며 입은 피해가 많지 않을 수 있었다.

신흥현에서 조금 떨어진 곳.

궁마존 일행은 진을 치고 휴식을 취하고 있었다. 기세가 찌를 듯하니 여유를 부릴 수도 있는 것이었다.

역시나 일행과 조금 떨어져 앉은 궁마존은 단검으로 나

뭇가지를 깎고 있었다. 그의 옆에는 이미 깎아 놓은 나무들이 좀 있었는데 화살을 깎은 모양이었다.

뒷부분의 날개가 없기는 했으나 앞쪽에 화살촉을 끼우지 않았기에 크게 상관은 없었다.

그렇게 한참 화살을 깎고 있을 때, 궁마존이 고개를 들었다. 연합군에 속한 문파의 문주 한 명이 다가온 것이다.

"무슨 일인가?"

"전해드릴 소식이 있습니다."

"내게?"

"예."

그의 말에 궁마존은 직감적으로 서윤과 관련된 이야기라는 것을 알아차렸다.

"해봐."

"양산현, 영덕현 쪽으로 갔던 아군이 제법 큰 피해를 입은 모양입니다."

"그래? 그렇겠지. 그쪽으로 간 사람 중 그 아이를 감당할 수 있는 자가 없으니."

궁마존이 재미있다는 듯 말했다. 아군이 당했다는데 도리어 즐거워하는 것 같은 궁마존의 모습이 못마땅했는지 그가 인상을 찌푸렸다.

"그래서 하려는 얘기가 뭐지?"

"말씀하신 그자가 그런 것이라면 나서주셔야 하지 않겠습니까?"

"그 말은 나보고 떠나라는 건가?"

궁마존의 물음에 문주는 아무런 말도 하지 않았다. 무언의 긍정이었다.

그들에게 있어서 궁마존은 불편한 존재였다.

도움을 받기는 했지만 그의 역할이 크다고 생각지 않는 인물이었다.

"하하하! 좋다. 어차피 나도 네놈들과 함께 움직이는 게 불편했으니."

그렇게 말한 궁마존이 깎은 화살을 들고 자리에서 일어났다. 그러고는 두말하지 않고 북쪽으로 발걸음을 옮겼다.

"어디, 장난감 마중이나 하러 나가볼까?"

그렇게 중얼거리는 궁마존의 입가에는 진심으로 즐거워하는 미소가 번져 있었다.

*　　　*　　　*

"안개가 심하군요."

"문제될 건 없습니다. 오히려 유리하게 작용할 겁니다."

천보의 말에 서윤이 단호하게 말했다.

당연했다. 적들은 자신들을 보지 못한다. 위치를 찾기 어렵다는 뜻이다.

서윤과 의협대도 적들을 보지 못하는 건 마찬가지였지만 한 가지 다른 점이 있다면 서윤은 기감으로 적들의 위치를 파악할 수 있다는 점이었다.

물론, 적들 중에도 그 정도 되는 고수가 있다면 이야기가 달라지긴 하겠지만, 그건 어디까지나 이점이 사라지는 것이지 불리해지는 것은 아니었다. 천보는 가만히 서서 기감으로 주변을 살피고 있는 서윤을 바라보았다.

지금까지 그가 이곳까지 오면서 쓰러뜨린 적의 숫자는 어림잡아 여든 명. 의협대와 함께한 것이 아니라 홀로 쓰러뜨린 숫자였다.

쓸어버렸다는 말이 딱 맞았다.

아마 모르긴 몰라도 간밤에 있었던 일이 적들 사이에도 퍼졌을 것이고 그렇다면 더욱 경계를 강화하고 있을 것이 분명했다.

지금의 서윤을 보면 그런 것은 조금도 문제가 되지 않을 것 같았다.

'대단하구나.'

천보는 속으로 그렇게 중얼거렸다. 같은 무인으로서 부러웠다. 한편으로는 부단히 노력해서 비슷한 위치까지 오

214 풍신서윤

르겠다는 다부진 각오를 하게 되기도 했다.

"저쪽입니다."

한참 기감을 펼쳐 적들의 위치를 찾던 서윤이 방향을 잡고 먼저 움직였다. 그러자 대원들도 기다렸다는 듯 그 뒤를 따라 달렸다.

*　　　　*　　　　*

시간이 흘렀다.

안개는 거의 다 걷혀 시야가 정상이라 해도 무방했다. 그 말은 적과 마주친다 하더라도 기습은 통하지 않을 것이라는 뜻. 영호광과 위지강은 더욱 주변을 경계하며 천천히 움직이고 있었다.

그렇게 한참을 움직였다. 하지만 영호광과 위지강은 한 번도 적들과 마주친 적이 없었다.

처음에는 운이 좋은 거라 생각했다.

그래서 최대한 조심해서 정신을 바짝 차리고 움직였다. 하지만 그럼에도 적들과 마주치질 않았다.

그쯤 되자 그저 운이 좋아서라고 하기에는 뭔가 느낌이 이상했다.

"이상한데."

"뭐가요?"

"적들이 한 명도 안 보이잖아."

"그게 왜요? 좋은 거죠."

위지강의 말에 영호광이 깊은 한숨을 내쉬었다.

"넌 뇌 구조가 도대체 어떻게 된 거야? 한 번 열어보고 싶다."

"그러니까 왜요?"

"적들이 안 보인다는 건 어디로든 움직였다는 거잖아?"

"그렇죠."

"그런데 한둘도 아니고 전부 다 움직였다는 건 어디서 무슨 일이 터졌든가 무슨 일이 벌어질 예정이든가 둘 중 하나라는 뜻 아니겠어?"

"그렇겠네요."

위지강의 무덤덤한 대답에 영호광이 인상을 찌푸렸다.

"우리가 영덕현까지 가는 건 수월해졌을지 몰라도 전체적으로 봤을 때에는 안 좋은 일이라는 거잖아. 만약 대원들 쪽으로 적들이 우르르 몰려갔으면 어떻게 할래?"

"대주님이 계시잖아요. 무슨 걱정이에요? 또 지난번처럼 한 방에 싹 쓸어버리실 텐데."

"얼마 전에도 말하지 않았나? 만약에 대주님도 고전할 만큼 강한 적이 껴 있으면 어떻게 할 거냐고."

"아……. 그렇다고 지금 우리가 어떻게 할 수 있는 게 없잖아요. 일단 서둘러 개방 분타에 가는 것밖에는."

"그렇긴 하지. 우선 방향부터 제대로 잡아야 할 텐데. 일단 아래쪽으로 내려가자. 그래도 혹시 모르니 긴장 풀지 말고."

"알았어요."

대화를 나눈 두 사람은 능선을 따라 아래쪽으로 방향을 잡고 발걸음을 옮겼다.

*   *   *

서윤의 머리카락이 강하게 흩날렸다.

쾌속으로 질주해 적들 사이에 뛰어든 서윤이 전광석화와 같은 속도로 주먹을 뻗었다.

퍼퍼퍼퍼퍽!

서윤의 주먹에 맞은 적들은 비명도 지르지 못하고 나가떨어졌다.

짧은 호흡에 다수의 적을 쓰러뜨린 서윤이 빠르게 시선을 옮겼다.

적들에게 둘러싸여 고군분투 중인 대원들의 모습이 눈에 들어왔다.

워낙 숫자가 많아 힘들어 보이긴 했지만 위험한 정도는 아니었다. 특히나 천보가 대원들 사이를 누비며 적절하게 위기를 끊어내고 있었다.

안심한 서윤이 허리를 굽혔다.

그러자 그의 목이 있던 자리를 묵직한 도가 훑고 지나갔다. 허리를 굽히는 것이 조금이라도 늦었으면 목이 날아갈 뻔한 순간이었다.

쩡!

서윤이 주먹을 뻗어 도를 후려쳤다. 그러자 맑은 금속음과 함께 도가 반 토막이 났고 반쪽은 하늘로 솟구쳤다. 그리고 그 충격에 도를 들고 있던 적은 그대로 나가떨어졌다.

서윤이 다시 몸을 돌렸다.

다른 적 한 명이 흉흉한 기세를 뿜어내며 검을 들고 달려들고 있었다.

"합!"

서윤이 기합과 함께 허공으로 가볍게 뛰어오르더니 떨어지고 있는 반 토막 난 도의 반쪽을 발로 걷어찼다.

쐐에에에에엑!

어마어마한 속도로 날아간 도 조각이 그대로 적의 가슴을 뚫고 지나갔다. 박힌 것이 아니라 갈비뼈를 부수며 뚫고 지나갈 정도로 강한 위력이었다.

가슴이 뚫린 적은 달려오던 속도 그대로 앞으로 고꾸라졌다.

쉴 틈이 없었다.

방금 적을 쓰러뜨렸는데 뒤에서 옆에서 적들이 마구 몰려들었다.

그것을 본 서윤이 기운을 끌어 올렸다.

그러고는 본격적으로 풍절비룡권을 펼치기 시작했다.

쾅! 쾅! 쾅! 쾅! 콰쾅! 쾅!

쉴 새 없이 몰아치는 주먹에 적들은 서윤에게 제대로 접근도 하지 못하고 나가떨어졌다.

서윤은 숨도 제대로 쉬지 않고 눈도 깜빡이지 않은 채 적들을 공격하고 있었다.

전반부 삼 초식만으로 적들을 상대하고 있었음에도 누구 한 명 제대로 받아내지 못하고 있었다.

그렇게나 압도적인 무위를 보이고 있음에도 적들은 무언가에 홀린 듯 서윤에게 달려들고 있었다.

하지만 자세히 보면 서윤에게 끌려가고 있다고 해도 과언이 아니었다.

이는 풍절비룡권의 주변의 기운을 빨아들여 응축하고 기운과 함께 폭발시키는 묘리 때문이었다. 그 때문에 원치 않아도 자신도 모르게 서윤에게 달려들게 되는 것이었다.

서윤은 눈앞에 보이는 적들을 그냥 놔줄 생각이 없었다.

영호광과 위지강을 무사히 데려오는 것도 중요하지만 이 전쟁을 끝내기 위해서는 적들의 숫자를 줄이는 것도 중요하기 때문이었다.

폭풍과도 같은 서윤의 공격이 끝났을 때 그의 주변에 서 있는 사람은 한 명도 없었다.

그를 중심으로 마치 둥근 원을 그리듯 적들의 시신이 늘어져 있었다.

"후……."

잠시 숨을 고른 서윤이 다시금 빠르게 신형을 옮겼다. 대원들에게 달려들고 있는 적들도 처리하기 위함이었다.

하지만 서윤이 할 것은 많지 않았다.

비록 시간은 좀 걸렸지만 대원들도 자신들을 향해 달려드는 적들을 거의 다 정리한 상태였기 때문이었다.

적들의 숫자가 줄어들고 압박이 약해지면서 대원들의 기세는 더욱 오르고 있었고 적들의 기세는 줄어들기만 했다. 그렇게 반 각도 채 되지 않아 주변 장내가 모두 정리되었다.

적들을 모두 처치한 뒤 천보가 서윤에게 다가왔다.

"갑자기 적들이 늘었습니다. 마치 우리를 노린 것 같은……."

"우리들 소식이 적들 귀에도 들어간 까닭일 겁니다. 뭐, 나쁜 건 아닙니다. 우리에게 적들의 이목이 집중되면 두 사람의 안전은 더욱 확보되는 것이니."

"그렇겠지요. 하지만 이렇게 많은 수의 적이 몰려오는 것은 결코 좋은 일이 아닙니다."

그렇게 말한 천보가 대원들을 바라보았다.

큰 부상을 입은 대원은 없었지만 잠도 제대로 자지 못하고 비를 맞으며 이동한 데다가 워낙 많은 수의 적을 상대한 탓에 지쳐 있었다.

"시체들 사이에서 쉴 수는 없으니 일단 자리를 옮기죠. 다들 조금만 더 힘내라고 해주십시오."

"알겠습니다. 그렇게 하지요."

서윤의 말에 천보는 대원들을 독려했다. 싸늘하게 식은 시체들 사이에서 쉬는 것은 대원들도 원치 않았기에 다들 힘을 내고 있었다.

전투가 있던 곳에서 약 오십 장 정도 떨어진 곳으로 이동한 후에야 대원들은 휴식을 취할 수 있었다. 짧은 휴식이었지만 대원들은 운기를 하며 떨어진 체력을 보충하고 있었다.

"이쯤 왔으면 보여야 하는 건데."

휴식을 취하는 대원들을 살핀 서윤이 나직이 중얼거렸

다. 제법 먼 거리를 쉬지 않고 빠르게 달려 쫓아 왔음에도 영호광과 위지강의 모습은 찾을 수가 없었다.

화를 당하지는 않았을 거라 생각하고 있었지만 불안한 건 어쩔 수 없었다.

'적들이 몰려온 걸 보면 영호광과 위지강도 멀지 않은 곳에서 적들과 마주쳤을 가능성이 높다. 둘이니까 몸을 피할 곳을 찾기도 쉬웠겠지. 무탈할 가능성은 더 높아.'

나름대로 생각을 정리한 서윤은 마음을 편히 먹기로 했다. 좁은 곳도 아니고 이 넓은 땅에서 두 사람을 단번에 찾기란 결코 쉬운 일이 아니었다.

"어?"

그러던 중 한쪽에서 인기척이 느껴졌다. 멀지 않은 곳. 서윤은 서둘러 기감을 펼쳤다.

스스스슷!

서윤의 몸에서 무형의 기운이 뻗어나가기 시작했고 이내 그 안에서 사람의 기운이 느껴졌다.

서윤이 천보를 바라보았다. 혹시 모르니 대원들을 챙기라는 의미였다.

'적은 아니다. 설마?'

서윤의 기감에 걸린 기운은 마기가 아니었다. 두 사람의 기운. 서윤의 표정이 밝아졌고 천보에게 괜찮다는 듯 손을 들어 보였다.

그리고 잠시 후.

"어?"

모습을 드러낸 이는 영호광과 위지강이었다. 나무숲을 헤치고 나온 두 사람은 서윤의 모습을 보고 놀라워했다.

"대주님!"

위지강이 반갑게 소리쳤다. 뒤따라 나온 영호광도 다행이라는 듯 안도의 한숨을 내쉬었다.

"고생 많았다. 미안하다. 나 때문에."

"괜찮습니다!"

서윤의 짧은 한 마디에 위지강은 미소를 지으며 씩씩하게 대답했다.

"으아~~!"

그러고는 이내 그 자리에 털썩 주저앉았다. 영호광도 마찬가지로 긴장이 풀리며 다리의 힘도 빠져나간 듯 주저앉아 버렸다.

그런 두 사람을 보며 서윤은 다행이라는 듯 안도의 한숨을 쉬었다.

"미안합니다. 제 불찰입니다. 하루 정도 더 기다렸다가 함께 움직였어도 될 일이었는데. 제가 생각을 잘못해서 두 사람을 위험에 빠뜨렸습니다."

서윤이 영호광과 위지강에게 정중히 사과했다. 목숨을 잃을지도 모를 위험에 처했는데 사과 한 마디로는 부족할 수도 있었다. 하지만 영호광과 위지강은 전혀 그렇게 생각하지 않았다.

"이렇게 무사하고 또 대주님도 대원들을 데리고 저희를 찾으러 와 주시지 않았습니까? 그걸로 됐습니다."

"맞아요. 괜찮습니다!"

영호광과 위지강의 말에 서윤도 조금은 마음의 짐을 내려놓고 옅은 미소를 지었다.

"대주님 때문이었군요?"

"무슨 말입니까?"

대뜸 앞뒤 다 자른 영호광의 질문에 서윤이 무슨 소리냐는 듯 되물었다.

"적들이 보여야 하는데 보이지를 않더군요. 처음에는 운이 좋은 거라 생각했는데 나중에는 뭔가 심상치 않았습니다. 폭풍전야 같기도 하고 적들이 어디론가 움직인 건 아닌가 하는 생각이 들었습니다. 그런데 이제 보니 대주님과 대원들 때문에 적들의 신경이 그쪽으로 쏠렸던 모양입니다. 대주님과 대원들이 아니었으면 저희는 못 버텼을 겁니다."

영호광의 말에 서윤이 고개를 저었다.

"저 때문이 아닙니다. 두 사람이 그만큼 위험한 상황에서도 집중하고 침착하게 대처했기 때문이죠."

"아~ 이 훈훈한 분위기! 너무 좋다!"

두 사람의 대화를 듣던 위지강이 옆에서 너스레를 떨었다. 그에 서윤과 영호광은 물론 근처에서 휴식을 취하고 있던 대원들까지도 웃음보가 터졌다.

"이제 어떻게 하실 겁니까?"

"영덕현으로 갈 겁니다. 적들 숫자도 줄었고 지금이라면 무리 없이 갈 수 있겠죠. 가서 제대로 된 정보를 듣고 난 후에 움직여야 합니다."

영덕현으로 가는 도중 벌어진 일이고 위에 두 사람 대화에도 그런 내용들이 나오니 굳이 안 써도 될 듯합니다.

서윤의 말에 영호광도 고개를 끄덕였다.

"다들 푹 쉬어 두십시오. 오늘은 여기서 노숙하겠습니다. 불 피우고 쉴 준비하십시오."

서윤의 말에 대원들이 부지런히 움직여 노숙 준비를 시작했다.

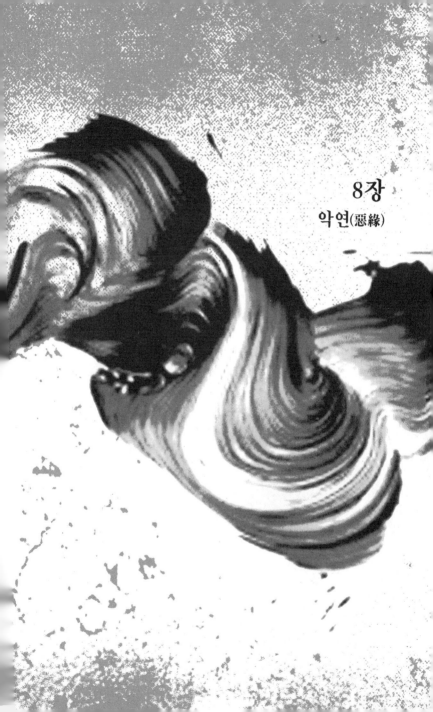

8장
악연(惡緣)

風神 徐閠
풍신서윤

개방 방주는 굳은 표정으로 정면을 응시하고 있었다.

너른 들판에 개방 방주를 비롯한 개방도들이 넓게 펼쳐서 있었다.

적을 맞을 준비를 하는 개방도들의 표정에서는 비장함마저 엿보였다.

절정은 개방 방주였다.

정면을 응시하는 그의 표정은 딱딱함을 넘어 차가웠다.

방주의 표정이 그 어느 때보다 차가운 데에는 이유가 있었다. 단순히 적들이 오기 때문만은 아니었다.

그들을 이끌고 오는 자가 바로 묵걸개였기 때문이었다.

개방을 나락으로 떨어뜨리고 도망친 자.

그자가 다시 찾아오고 있던 것이다.

그렇게 한참을 서 있는데 정찰을 나갔던 개방도가 돌아와 방주에게 고개를 숙였다.

"오고 있습니다. 한 식경 정도 후면 도착할 듯합니다."

"숫자는?"

"저희와 얼추 비슷합니다."

"음……"

방도의 대답에 방주가 입을 굳게 다문 채 고개를 끄덕였다.

'감히 네놈이 뻔뻔하게 고개를 들고 다시 나타나?'

속으로 그렇게 중얼거린 방주가 으스러지도록 주먹을 쥐었다.

반대편 손에는 둔탁한 막대기 하나가 들려 있었는데 이는 호걸개에게 넘긴 타구봉 대용이었다.

타구봉이 있었다면 더욱 마음이 안정되고 자신감에 차 있었겠지만, 아쉽게도 지금 방주의 손에는 타구봉이 없었다.

그렇게 정처 없이 시간이 흘렀다.

정찰 나갔던 개방도가 말한 한 식경이 지나고 멀리서 적들의 모습이 보였다.

차갑게 굳어 있던 방주가 살짝 인상을 찌푸리며 안력을 돋우었다.

선두에 선 자의 얼굴을 확인하기 위함이었다.

'왔구나!'

으드득!

묵걸개의 얼굴을 확인하자 목봉을 쥔 손에 힘이 들어갔다.

거리가 약 칠십 장 정도로 좁혀지자 적들이 멈춰 섰다. 그리고 묵걸개 홀로 앞쪽으로 걸어 나왔다.

그에 방주 역시 방도들을 그 자리에 서 있도록 하고는 그를 향해 발걸음을 옮겼다.

조금씩 좁혀지는 거리.

방주는 호흡이 가빠지는 것을 느꼈다.

힘들어서? 아니었다.

묵걸개에 대한 참기 힘든 분노 때문이었다. 당장에라도 달려가 그를 죽이고 싶었다.

분노를 참기 힘들어지자 저절로 호흡이 빨라진 것이었다.

두 사람의 거리가 오 장 정도로 좁혀졌고 두 사람은 발걸음을 멈춘 채 서로를 응시했다.

둘 사이에 한 줄기 횡한 바람이 지나갔다.

"오랜만입니다, 방주."

"오랜만이구나."

"이렇게 정정한 모습을 보니 기쁘기 그지없습니다."

"네놈 낯짝이 이렇게 두꺼운 줄은 몰랐구나."

"그렇다면 방주는 나에 대해 제대로 알고 있는 것이 없다는 뜻이오."

"이번에 절실히 깨달았지."

방주의 말에 묵걸개가 비릿한 미소를 지었다.

그에 분노가 가득 찬 시선으로 묵걸개를 노려보던 방주가 다시 입을 열었다.

"언제부터였느냐?"

"처음부터였소."

"처음부터라고?"

방주가 믿을 수 없다는 듯 되물었다.

"그래, 처음부터. 내가 방주가 되지 못한 그때부터 줄곧!"

묵걸개의 대답에 충격을 받은 표정으로 그를 쳐다보던 방주가 허탈한 표정을 지었다.

"고작 그런 것 때문에!"

"고작이라니! 난 내 모든 것을 바쳤어! 내가 뭐가 부족해서! 언제나 뒷전으로 밀려나기만 했지. 바로 당신 때문에!"

"하하하하!"

묵걸개의 외침에 방주가 대소를 터뜨렸다.

그렇게 한참을 웃던 방주가 웃음을 멈추고는 묵걸개에게 말했다.

"한심하구나. 그리고 불쌍하구나."

"불쌍하다고? 내가?"

"그래. 불쌍하고 또 불쌍하구나. 자신의 부족함을 깨닫지 못하고 남 탓만 하는 꼴이라니."

방주의 말에 묵걸개도 화가 많이 났는지 몸을 부들부들 떨기 시작했다.

"어쨌든 네놈은 개방을 배신했다. 그리고 밑바닥까지 떨어뜨렸지. 절대 용서할 수 없다."

"무리하지 마시오, 방주. 몸도 성치 않으면서. 여생을 편히 보내려면 이 자리에 나와서는 안 되었소."

"여생을 편히 보내다니. 말도 안 되는 소리. 네놈의 계략에 빠져 약에 취해 갇혔던 그날부터 지금까지 단 한 순간도 편히 보낼 수 없었고 앞으로도 그럴 것이다. 오늘만을 기다리며 버티고 또 버텼는데 어찌 나오지 않을 수 있을까."

"후후. 할 수 있으면 해보시오. 내 명줄이 얼마나 긴지 오늘 시험 한번 해봅시다."

"시험? 결과를 확인하기도 전에 지옥불로 떨어지게 될 게다."

그렇게 대화를 마친 두 사람은 몸을 돌려 각자의 진형으로 돌아갔다.

그러자 두 진형 사이에 팽팽한 긴장감이 맴돌기 시작했다. 개방도들은 마도인들을, 마도인들은 개방도들을 잡아먹을 듯 노려보고 있었다.

명령만 떨어지면 단숨에 달려가 거침없이 살수를 펼칠 기세였다.

"죽여라."

다다다다다다다다닥!

묵결개의 말이 끝나기가 무섭게 그의 뒤에 서 있던 마도인들이 튀어 나갔다.

빠르게 다가오는 적들을 보며 방주도 말했다.

"한 놈도 살려 보내지 말거라."

"으아아아아!"

개방도들도 비명에 가까운 기합을 내지르며 미친 듯이 앞으로 달려 나갔다.

칠십 여 장의 거리는 순식간에 좁혀졌고 이내 수백이 한 가운데에서 뒤엉켰다.

병장기 소리와 파공음, 그리고 비명과 기합이 뒤섞여 귀를 따갑게 만들었다.

"흐으읍!"

방주가 크게 숨을 들이마셨다.

실로 오랜만에 맡아보고 들어보는 전장의 냄새와 소리였다.

크게 숨을 들이마시고 천천히 내뱉은 방주가 차가운 표정으로 발걸음을 내디뎠다.

묵걸개 역시 그런 방주에게서 시선을 떼지 않으며 마주 걸어왔다.

하지만 둘 사이에는 방해물이 있었다.

거대한 몸집을 가진 자가 살기 어린 표정으로 방주의 앞을 막아선 것이다.

"개방의 방주라. 내 손에 죽어 줘야겠다!"

마치 사자후를 내지르듯 쩌렁쩌렁한 목소리로 말하는 그를 방주는 무심한 듯 바라보았다.

그러고는 뒤쪽으로 힐끗 시선을 주었는데 방주의 뒤쪽에 서 있던 자 중 한 명이 앞으로 나섰다.

"넌 내 상대인 모양이다."

방주의 앞을 막아선 자와 비등비등한 덩치를 가진 자가 앞으로 나섰다.

개방 장로 중 한 명인 패걸개(覇乞丐)였다.

그가 앞으로 나서자 상대도 흥미가 동했는지 방주에게서 시선을 뗐다.

그에 방주도 다시금 앞으로 발걸음을 옮겼다.

하지만 이번에도 방주를 향해 달려드는 자들이 있었으니 묵걸개와 동행한 마교 장로들이었다.

흉흉한 기세를 뿜어내며 오로지 방주를 잡겠다는 목적으로 달려들었으나 그 뜻을 이루기는 어려웠다.

뒤를 따르던 개방 장로들이 방주를 앞질러 나가며 그들과 마주쳐 갔기 때문이었다.

그러자 방주의 주변에서 장력이 터지고 칼부림이 펼쳐지기 시작했다.

자칫 눈먼 검이나 기운에 다칠 수도 있었으나 방주는 눈 하나 깜짝하지 않았다.

그의 시선은 오직 한 명. 묵걸개에게 닿아 있었다.

두 사람 사이의 거리가 상당히 좁혀졌다.

그러자 누가 먼저라고 할 것도 없이 서로를 향해 달려들었다.

평! 평!

방주와 묵걸개는 거리를 좁히는데 방해가 되는 자들을 장력으로 밀어내며 길을 뚫었다.

그리고 마침내 두 사람이 격돌했다.

퍼펑!

두 사람이 쏘아 보낸 장력이 허공에서 강하게 충돌했다.

그 주변 가까운 곳에 있던 자들이 그에 휩쓸려 강하게 튕겨 나갔다.

방주가 손에 들고 있던 목봉을 휘둘렀다.

비록 타구봉은 아니었지만 오랜만에 그의 손에서 타구봉법이 펼쳐지는 순간이었다.

방주의 손에 쥐어진 목봉이 춤을 추기 시작했다.

강하고 거칠면서도 빈틈없이 펼쳐지는 타구봉법을 보며 묵걸개는 인상을 찌푸렸다.

회복에 전념했다고 하더라도 아직 완벽하지 않을 것으로 생각했다.

하지만 지금 눈앞에 펼쳐진 타구봉법을 보니 그런 것도 아닌 것 같았다.

묵걸개가 이를 악문 채 춤추는 목봉을 피하며 장력을 뿜어냈다.

콰쾅!

묵걸개가 펼쳐낸 장력이 목봉과 충돌해 허공에서 터져 나갔다.

순간 만들어진 빈틈.

묵걸개는 눈을 빛내며 그 틈을 파고들려 했다.

하지만 방주는 결코 호락호락하지 않았다.

재빨리 보법을 이용해 유리한 위치를 선점하고는 가차
없이 목봉을 휘둘렀다.

부우우욱!

허공을 때리듯 휘둘러지는 목봉.

빈틈을 파고들려던 묵걸개는 원하는 바를 이루지 못하
고 물러설 수밖에 없었다.

퍼펑!

그러면서도 장력을 뿜어내며 쉬지 않고 방주의 타구봉
법을 견제하고 있었다.

'역시 방주.'

'역시 묵걸개.'

잠시 숨을 고르는 동안 두 사람은 서로를 보며 같은 생
각을 하고 있었다.

방주와 묵걸개는 동년배였다.

비슷한 시기에 개방에 들어와 함께 무공을 배우고 방도
로서의 마음가짐을 배웠다.

엇비슷하던 두 사람의 행보는 방주가 전대 방주의 눈에
띄면서부터 엇갈리기 시작했다.

그때부터 방주는 개방의 모든 이가 주목하는 사람이 되

었고 묵걸개는 그런 방주를 그저 바라볼 수밖에 없었다.

하지만 묵걸개는 좌절하지 않았다.

존재감을 만들기 위해 이를 악물고 수련하고 노력했다.

그리고 그 노력이 빛을 발해 묵걸개 역시 조금씩 존재감을 발하기 시작했고 장로들의 눈에 들었다.

그러나 방주의 눈에 든 것과 장로의 눈에 든 것은 차이가 컸다.

아무리 좁히려고 해도 넘을 수 없는 벽이 있었다.

이미 오랜 벗은 차기 방주가 되는 것이 기정사실화되어 있었고 자신은 잘해야 장로 신분에 머물 수밖에 없었다.

어깨를 나란히 하고자 했던 묵걸개의 신념은 점차 변질되어 시기와 질투가 되었고 나중에 가서는 맹목적인 집착과 같은 형태가 되었다.

친구를 누르고 자신이 정점에 오르겠다는 자리에 대한 집착.

하지만 그럼에도 결과는 바뀌지 않았다.

묵걸개는 방주가 되지 못했고 경쟁 상대였던 벗이 방주의 자리에 올랐다.

많은 이가 방주가 된 벗에게 환호를 보냈고 자신은 거들떠도 보지 않았다.

그때부터였다.

묵걸개가 큰일을 제외하고는 두문불출하기 시작한 것이.

그리고 시간이 흘러 두 사람은 적이 되어 이렇게 마주하고 있었다.

잠시 서로를 노려보던 방주와 묵걸개는 다시 서로를 향해 달려들었다.

방주의 목봉이 묵직하게 휘둘러졌고 묵걸개의 손에서 다시금 장력이 불을 뿜었다.

한 치의 물러섬 없이 펼쳐지는 치열한 공방.

그 살벌한 기운 때문인지 두 사람의 주변은 휑했다.

기세에 밀려 마교도들과 개방도들 모두 멀찌감치 물러선 것이다.

방주의 목봉이 묵걸개의 귓불을 스치고 지나갔다.

그 위력에 귓불이 찢어진 것도 모자라 귓속에서 피가 흘러나왔다.

고막이 찢어진 탓에 통증과 함께 웅웅거리는 소리가 들렸다.

하지만 묵걸개의 표정에는 조금도 변화가 없었다.

목봉을 휘두른 탓에 몸이 젖혀진 방주의 옆구리가 묵걸개의 눈에 훤히 보였다.

묵걸개는 그곳을 향해 장력을 뿜어냈다.

펴엉!

방주의 옆구리에 장력이 틀어 박혔다.

방주도 피한다고 몸을 틀고 기운을 모았지만 완벽하게 벗겨내지는 못했고 그 결과 그의 옆구리가 크게 부어올랐다.

딱 봐도 통증이 상당할 것 같은 피해였지만 방주의 표정도 변하지 않았다.

오히려 장력을 맞음과 동시에 그 반동을 이용해 목봉을 휘둘렀다.

슉! 슉! 슉!

방주의 목봉이 연이어 허공을 갈랐다.

하지만 공격을 성공시킴과 동시에 물러선 묵걸개에게 닿지는 않았다.

휘청!

방주의 공격을 피하기는 했으나 묵걸개는 휘청거렸다.

한쪽 귀에 문제가 생김으로서 균형을 잡는데 문제가 발생한 것이다.

그것을 놓치지 않고 방주가 빠르게 쇄도했다.

손에 들린 목봉은 은은한 빛을 내며 묵걸개를 향해 휘둘러지고 있었다.

귀를 잡고 휘청거린 묵걸개의 눈에 자신의 머리를 박살

낼 듯 날아드는 목봉이 보였다.

부웅!

묵걸개는 황급히 몸을 웅크려 목봉을 피해냈다.

목봉이 아슬아슬하게 허공을 가르자 방주는 그대로 목봉을 놓고는 몸을 반 바퀴 돌렸다.

그러고는 반대편 손으로 목봉을 잡은 뒤 그대로 내리찍었다.

쾅!

방주의 목봉이 그대로 묵걸개의 등에 내리꽂혔다.

"컥!"

예상치 못한 일격에 묵걸개가 단말마의 비명과 함께 무릎을 꿇었다.

순간 묵걸개의 표정이 굉장히 일그러졌다.

전투 중이라고는 하지만 방주에게 무릎을 꿇었기 때문이었다.

단순히 적 앞에 무릎을 꿇은 것이 아니었다. 절대 져서는 안 되는, 반드시 이겨야만 하는 자의 앞에서 무릎을 꿇고 만 것이다.

자존심에 금이 가는 상황에 묵걸개는 이를 악물고 몸을 일으키려 했다.

하지만 방주는 이 상황을 쉽게 넘길 생각이 없었다. 타구봉법이라는 이름처럼 개 패듯 목봉을 휘두르며 묵걸개를 난타하고 있었다.

단순히 몽둥이찜질을 하는 것이 아니라 거기에 내력이 담겨 있으니 그 위력도 결코 무시할 수 없었다.

그럼에도 묵걸개는 몸으로 그것을 받아내고 장력으로 밀어내며 기어코 몸을 일으켰다.

"으아아아아!"

묵걸개가 괴성을 지르며 몸을 일으키고는 방주를 노려보았다.

방주의 목봉에 맞아 피범벅이 된 얼굴과 맞물려 섬뜩한 분위기를 만들어내고 있었다.

그에 방주는 인상을 찌푸렸다.

묵걸개를 끝장낼 수 있는 절호의 기회였으나 그러지 못한 것에 대한 아쉬움 때문이기도 했지만 가장 큰 이유는 본인의 상태 때문이었다.

묵걸개의 공격에 몇 차례 맞으면서 적지 않은 부상을 입은 상태였다.

게다가 묵걸개의 예상대로 방주는 아직까지 몸 상태가 정상이 아니었던 것이다.

최대한 몸과 무위를 회복하려 했지만 원래의 칠 할 정도에 불과했다.

하지만 그런 약점을 보이지 않기 위해 처음부터 무리하여 강하게 밀어붙였고 시간이 흐른 지금 몸에 무리가 오고 있었다.

방금 전 끝내지 못한 까닭에 이제는 방주 자신도 위험할 수 있었다.

"크크크! 역시! 아직 완전히 회복하지 못했구나!"

묵걸개의 시선이 방주의 손끝에 닿아 있었다.

목봉을 잡은 손이 아닌 반대편 손이 가늘게 떨리고 있는 것을 본 것이다.

묵걸개에게 자신의 상태를 들켰지만 방주는 당황하지 않고 차분하게 묵걸개를 노려보고 있었다.

상태가 좋지는 않았지만 묵걸개를 쓰러뜨리는 데 전혀 문제가 없다는 생각이었다.

묵걸개를 쓰러뜨리고 난 후에 자신은 어떻게 되든 상관없었다.

미안한 일이지만 묵걸개를 처리한 이후의 개방은 온전히 후개인 호걸개가 맡아서 끌고 가야 할 일이었다.

짐을 지우는 일일 수도 있지만 묵걸개를 이 자리에서 처리한다면 일부는 덜어주는 것이라 할 수 있었다.

"온전치 않지. 그래도 네놈 한 명 저세상 보내는 건 어렵지 않다."

"같이 죽을 생각인가?"

"네놈 먼저 보내고 난 더 있다가 갈 생각이다!"

그렇게 소리친 방주가 다시금 목봉을 휘둘렀다.

다시금 타구봉법이 펼쳐졌고 방주는 살짝 인상을 찌푸렸다.

생각만큼의 위력이 아니기 때문이었다.

"흐압!"

묵걸개 역시 기합을 내질렀다. 그와 함께 입가에 고여 있던 핏물이 밖으로 터져 나왔다.

말 그대로 피 튀기는 싸움.

그러나 두 사람은 결코 물러서지 않겠다는 각오로 생사결(生死結)을 펼치고 있었다.

방주의 목봉이 강맹한 기세를 뿜내며 묵걸개를 두들겨 갔다.

묵걸개는 장력으로 그 기세를 누그러뜨리며 앞으로 밀고 나왔다.

쾅!

두 사람의 어깨와 어깨가 강하게 부딪혔다.

절대 밀리지 않겠다는 듯 힘 싸움을 하던 두 사람은 강하게 어깨를 튕기며 서로를 밀어냈다.

하지만 두 사람은 마치 서로를 끌어당기기라도 하듯 다

시금 돌진했다.

부웅―!

방주의 목봉이 강하게 진동하며 휘둘러졌다.

속도, 위력 모두 방금 전보다 월등했다.

그만큼 방주는 현재 있는 힘을 모두 쥐어짜 공격을 펼치고 있었다.

미처 피하지 못한 묵걸개가 팔과 다리를 들어 몸통과 얼굴을 보호했다.

퍽!

방주의 목종이 묵걸개의 팔뚝에 정확히 틀어박혔다.

그리고 그 순간 묵걸개는 뼈가 부러지는 소리를 들었다.

한쪽 고막이 터져 제대로 들을 수 없는 상황에서도 뼈가 부러졌다는 것을 알 수 있을 정도였으니 그 소리가 얼마나 컸는지 짐작하고도 남음이었다.

묵걸개가 비틀거렸다.

귀에 이상이 생겨 중심을 잡는데 어려움을 겪고 있는 데다가 방금 전의 충격과 떨어진 체력 등이 한꺼번에 밀려온 까닭이었다.

방주는 다시 한 번 힘을 쥐어짰다.

온전히 회복하지 못한 내력은 거의 바닥을 보이고 있었다. 이번 일격으로 끝내지 못한다면 묵걸개를 쓰러뜨릴 기회가 다시는 없을 수 있었다.

방주의 눈빛이 더욱 또렷해졌다.

묵걸개에게서 시선을 떼지 않으며 정확하게 목표를 정하고 목봉을 휘둘렀다.

목표는 머리.

이대로라면 이번 일격으로 묵걸개를 쓰러뜨릴 수 있을 거라 확신했다.

그 순간, 방주가 두 눈을 부릅뜨며 급하게 휘두르던 목봉을 멈춰 세웠다.

"컥!"

펼치던 공격을 갑자기 멈춘 바람에 방주의 몸에 적지 않은 충격이 전해졌다.

진기의 흐름도 갑자기 끊어 내부가 진탕된 탓에 상당한 내상을 입었다.

방주가 공격을 멈춘 이유는 묵걸개가 근처에 있던 개방도 한 명을 잡아끌어 방패로 삼았기 때문이었다.

비틀거리다가 방주의 공격이 이어진 것을 보자 묵걸개는 정신없이 주변으로 손을 휘저었고, 누군가가 손에 잡히자 확인도 하지 않고 끌어당겼다.

하필이면 묵걸개의 손에 잡힌 것이 마교도가 아니라 개방도였기에 방주가 갑자기 공격을 멈출 수밖에 없었다.

"이이!"

방주가 분노에 찬 표정으로 소리를 내었다.

아무리 그래도 개방의 장로였던 자가 자신이 위험하다고 방도를 방패로 삼을 수 있단 말인가?

그의 눈에 비친 묵걸개는 사람이길 포기한 것처럼 보였다.

방주가 공격을 멈추자 자신의 앞에 개방도를 세웠던 묵걸개가 옆으로 슥 고개를 내밀었다.

그러고는 피범벅이 된 얼굴로 흉측한 미소를 지었다.

"네놈… 사람이길… 포기했구나! 쿨럭!"

방주가 묵걸개를 향해 말하고는 피를 토했다. 검게 죽은 핏물이 바닥을 흥건하게 적셨다.

우둑!

묵걸개는 손에 잡고 있던 개방도의 목을 그대로 부러뜨린 뒤 아무렇게나 던지고는 천천히 방주 쪽으로 걸어갔다.

두 다리로 겨우 버티고 서 있는 방주는 묵걸개가 다가오고 있음에도 아무것도 하지 못하고 있었다.

그저 붉게 충혈된 눈으로 묵걸개를 노려보며 몸을 부들부들 떨고 있을 뿐이었다.

"크크크크! 천하의 개방 방주가 이런 꼴이라니!"

묵걸개가 기분이 좋은 듯 앙천광소(仰天狂笑)를 터뜨렸다.

지친 상태에서도 어떻게 그런 큰 웃음소리를 낼 수 있는지 놀라울 따름이었다.

한참을 이어진 묵걸개의 웃음에 주변 모든 이가 하던 것을 멈추고 그 광경을 바라보았다.

적들을 상대하느라 방주의 상황에 신경 쓰지 못한 개방도들과 장로들은 위태로워 보이는 방주의 모습에 대경실색하며 그쪽으로 달려가려 했다.

하지만 앞에 있던 적들이 그들의 앞을 막아섰다.

어떻게든 길을 뚫고 그쪽으로 가려 했으나 적들은 필사적으로 그들의 앞을 막아섰다.

이렇게 되니 방주를 도와줄 사람이 한 명도 없었다.

그 말은 묵걸개가 마음만 먹으면 당장에라도 방주의 목숨을 끊을 수 있다는 뜻이었다.

묵걸개는 지금의 상황이 너무나 흥분되고 짜릿했다.

그토록 원하던 상황이 이뤄지기 직전이라는 생각에 전신을 관통하는 통증도 잊을 정도였다.

묵걸개는 천천히 한쪽에 나뒹굴고 있는 검을 집어 들었다.

그러고는 다시금 천천히 방주의 앞으로 다가왔다.

"어떻게 죽여야 할까. 어떻게, 어떻게 해야 고통에 몸부림치면서 살려달라고 애원을 할까?"

묵걸개가 흥분한 목소리와 표정으로 말했다.

그럼에도 방주는 아무런 움직임을 보이지 않았다.

그나마 조금 회복됐는지 떨림은 많이 가라앉아 있었다.

방주는 바닥난 내력을 조금이라도 보충하고 끌어 올려 묵걸개에게 최후의 일격을 가하기 위해 노력하고 있었다.

그래서 지금 묵걸개가 이렇게 뜸 들이고 있는 것이 너무나 고마웠고 계속해서 시간을 끌어주길 바라고 있었다.

하지만 묵걸개는 눈치가 없는 사람이 아니었다.

개방에서 장로의 자리까지 오르고 배신을 했음에도 들키지 않고 바닥까지 떨어뜨릴 수 있었던 건 기본적으로 눈치가 빨랐기 때문이었다.

비록 지금 상황에 흥분했다고는 하지만 묵걸개는 묵걸개였다.

방주의 앞을 어슬렁거리며 혼자 흥분해 이런저런 말을 내뱉던 묵걸개가 광기 어린 눈빛으로 방주의 얼굴에 자신의 얼굴을 바짝 들이밀었다.

"뭐지, 그 표정은? 마치 무언가를 기다리고 있는 눈빛이군. 아직 좌절하지 않았어."

그렇게 말한 묵걸개가 인상을 찌푸렸다.

피칠을 한 그의 얼굴이 변할 때마다 섬뜩한 분위기를 자아내고 있었다.

"허튼 수작은 부리지 않는 것이 좋아. 내가 시간을 벌어 주니까 좋지?"

"!"

묵걸개가 방주의 귀에 대고 나직이 중얼거렸다.

모든 것이 들통나자 방주는 더 이상 머뭇거릴 수가 없었다.

방주는 묵걸개를 있는 힘껏 밀치며 목봉을 휘둘렀다.

회복되었다기보다는 아주 잠깐 움직일 수 있는 약간의 힘이 생긴 것뿐이라 이 정도 움직임에도 버거웠다.

그렇다고 해서 그냥 당할 수는 없었다.

방주는 있는 내력을 모두 끌어모아 목봉에 실었다.

그에 묵걸개는 코웃음을 쳤다.

방금 전 자신을 밀친 힘도 그렇고 목봉에 담긴 힘도 그렇고 너무나 미약했기 때문이었다.

묵걸개는 약간의 내력을 들고 있던 검에 싣고는 방주의 목봉에 마주쳐 갔다.

쩌저적! 쩌억!

그러자 방주의 목봉이 그대로 부서져 여기저기로 파편이 튀었다.

"컥!"

강하지 않은 충돌이었음에도 상당한 충격을 받았는지

방주는 신음과 함께 무릎을 꿇었다.

"크하하하하! 드디어 네가 내 앞에 무릎을 꿇는구나!"

묵걸개가 다시 한 번 앙천광소를 터뜨렸다.

한참을 그렇게 웃던 묵걸개가 들고 있던 검을 방주의 목 언저리에 겨누었다.

"방주님!"

그것을 본 개방 장로들이 다시금 묵걸개를 향해 달려들려 했으나 이번에도 마교도들과 마교 장로들한테 막혔다.

"회심의 일격도 무위로 돌아갔으니 이제 그만 죽어라."

그렇게 말하며 묵걸개가 사악한 미소를 지을 때였다.

"와아아아아!"

멀리서 함성 소리와 함께 한 무리의 사람들이 달려오고 있었다.

가장 앞에 선 자는 말을 탄 후개였고 그 뒤를 황보진원이 따르고 있었다.

급하게 연락을 받고 이곳 섬서성으로 오다가 만난 것이다.

그들이 나타나자 개방 장로들과 개방도들의 표정이 밝아졌다.

반대로 마교도들과 마교 장로들의 기세는 확연히 줄어들었다.

하지만 그렇다고 해서 방주의 위기가 사라진 건 아니었다.

그의 바로 앞에서 묵걸개가 방주의 목에 검을 들이대고 있었고 그대로 긋고 달아나면 그만이었다.

멀리서 달려오던 후개의 눈에도 묵걸개와 방주의 모습이 보였다.

마음이 조급해진 후개는 타고 오던 말을 더욱 박찼다.

그것을 본 묵걸개가 후개를 바라보며 진한 미소를 지었다.

그 미소에서 불길함을 느낀 후개가 소리쳤다.

"안 돼!"

서걱!

묵걸개는 그대로 방주의 목을 그어버렸고 목이 있던 자리에서는 피가 분수처럼 솟구쳤다.

"방주님!"

후개가 소리쳤다.

그리고 가까운 곳에 있던 장로들과 개방도들은 방주를 구하지 못한 자신들을 책망하며 좌절감에 빠졌다.

그 모습을 보던 묵걸개는 기쁨의 웃음을 터뜨렸다.

"하하하하! 이제 내가 최고다! 내가 최고야! 모두 후퇴한다!"

악연 253

묵걸개의 외침에 마교도들과 마교 장로들이 빠르게 후퇴하기 시작했다.

"모두 쫓아라! 절대 한 놈도 살려 보내지 마라!"

황보진원이 강한 어조로 소리쳤고 황보세가 무인들이 맹렬히 그들의 뒤를 쫓기 시작했다.

말을 달려 방주의 시신 곁에 내려 선 후개가 목 없는 방주의 시신을 부둥켜안았다.

"방주니임!"

후개가 울부짖었다.

하지만 목 없는 방주의 시신은 빠르게 식어갈 뿐이었다.

후개는 눈물이 그렁그렁한 얼굴로 고개를 돌렸다.

마교도들의 도움을 받아 빠르게 멀어지는 묵걸개의 뒷모습이 보였다.

으스러지도록 주먹을 쥐고 있던 후개가 방주의 손에 들려 있던 부러진 목봉 조각을 들고 일어났다.

그러고는 빠르게 묵걸개의 뒤를 쫓았다.

"후개!"

장로들이 그런 후개를 말리려 했으나 후개는 바람과 같은 속도로 그들의 뒤를 쫓고 있었다.

먼저 그들의 뒤를 쫓던 황보세가 무인들을 추월해 나아가는 후개였다.

그들의 뒤를 쫓던 후개는 이를 악물고는 쥐고 있던 목봉 조각에 진기를 한가득 담았다.

"합!"

그러고는 힘찬 기합과 함께 들고 있던 목봉 조각을 있는 힘껏 집어 던졌다.

쐐에에에에엑!

목봉은 허공을 가르며 빠른 속도로 묵걸개를 향해 날아갔다.

뒤쪽에서 느껴지는 기운에 그를 부축하던 마교도 중 한 명이 날아오는 목봉 조각을 향해 검을 휘둘렀다.

쩌엉—!

하지만 마교도의 검은 날아오는 목봉 조각의 힘을 이기지 못하고 부러져 버렸다.

"큭!"

짧은 비명과 함께 검을 놓치는 마교도.

"컥!"

그리고 역시나 짧은 비명을 지르는 묵걸개.

가슴으로부터 느껴지는 지독한 통증에 묵걸개는 고개를 숙여 가슴을 내려다보았다.

그의 가슴팍 앞쪽으로 검날이 삐쭉 튀어나와 있었다.

마교도가 휘두른 검은 후개의 목봉 조각을 쳐냈지만 부

러져 버렸고 부러진 검날이 묵걸개의 가슴을 관통한 것이다.

"쿨럭!"

묵걸개가 그 자리에 무릎을 꿇었다. 그러고는 계속해서 각혈을 토해냈다.

후개는 더욱 빠르게 앞으로 달려 나갔다.

하지만 그런 그를 막는 자가 있었으니 황보진원이었다.

앞으로 달려 나가는 후개를 붙잡은 황보진원은 그가 움직이지 못하도록 끌어안았다.

"놔! 놓으란 말입니다!"

"냉정을 찾으시오, 후개! 이 이상 접근하면 위험하오!"

그런 두 사람의 곁을 황보세가 무인들이 빠르게 지나갔다.

"개방을 수습해야 하지 않겠소! 저들의 뒤를 쫓는 건 우리가 할 테니 후개는 뒤를 맡으시오!"

황보진원의 말에 그의 품을 벗어나기 위해 발버둥 치던 후개의 움직임도 줄어들었다.

잠시 후 후개의 움직임이 완전히 멈추자 황보진원도 그를 놓아주었다.

그에 후개는 그 자리에 털썩 주저앉고는 눈물을 흘렸다.

"으아아아아!"

하늘을 올려다보며 울부짖는 후개를 황보진원은 안쓰러운 시선으로 바라보고 있었다.

개방의 방주는 후개에게 뒤를 맡기고 그렇게 세상을 떠났다.

*　　　　　*　　　　　*

개방 방주의 죽음은 빠르게 퍼져 나갔다.

정도 무림의 중요한 축이자 그들의 수장이었던 방주의 죽음에 정도 무림의 강호인들은 안타까움을 금치 못했다.

비록 후개를 중심으로 개방이 빠르게 안정을 찾고는 있었으나 방주의 죽음으로 개방은 한동안 혼란을 겪을 수밖에 없다는 예상이 지배적이었다.

압도적인 머릿수와 재정비한 정보력으로 큰 힘이 되었던 개방의 상황은 정도 무림에 불안감을 조성하고 있었다.

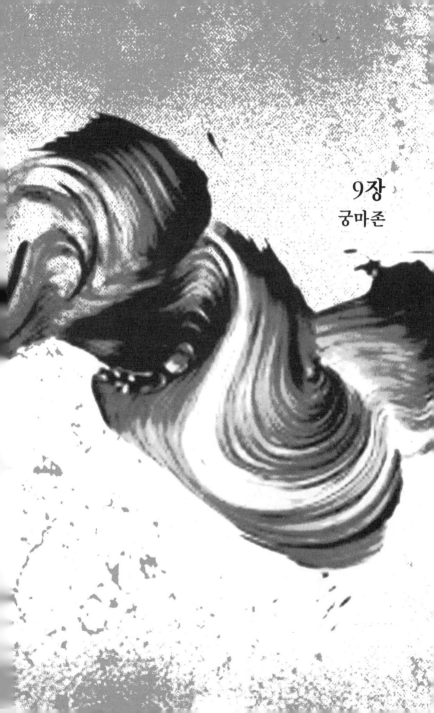

9장
궁마존

風神 徐潤
풍신서윤

　서윤과 의협대는 영덕현에 들어와 있었다.

　영호광과 위지강을 만나 이곳 영덕현까지 오는 동안 적들과 큰 충돌은 없었다.

　그나마 만난 적들도 서윤이 앞장서서 압도적인 무위로 쓸어버렸기에 큰 위험이라고 할 상황은 벌어지지 않았다.

　영덕현에 들어온 서윤과 의협대는 객점에 짐을 풀었다. 대원들이 휴식을 취하는 동안 서윤은 천보만 대동하고 개방의 분타를 찾았다.

　서윤이 왔다는 소식에 분타주는 서둘러 그를 안쪽으로

모셨다.

"어서오십시오. 맞이하러 나갔어야 하는데 그러지 못해 죄송합니다."

"아닙니다. 괜찮습니다."

분타주와 마주한 서윤은 그의 어두운 낯빛에 무언가 안 좋은 일이 벌어졌다는 것을 직감하고는 조심스럽게 물었다.

"무슨 일이 있으십니까? 안색이 좋지 않습니다."

서윤의 물음에 분타주가 힘겹게 입을 열었다.

"방주님께서 돌아가셨습니다."

"방주님께서!"

분타주의 말에 서윤과 천보는 깜짝 놀랐다.

"자세히 여쭤봐도 되겠습니까?"

"섬서성 쪽으로 진출한 적을 장로였던 묵걸개 그자가 이끌고 있던 모양입니다. 방주님께서는 직접 방도들을 이끌고 싸움에 참여하셨고 온전치 못한 몸으로 싸우시다가 그만……."

묵걸개에 대한 이야기를 할 때 분노를 표했던 분타주는 이내 방주의 죽음을 이야기하면서 슬픔에 잠겼다.

"하… 그자가 마교에 가 있었다니."

사실 묵걸개가 마교에 있는 것은 충분히 예상 가능한 일이었다. 그렇다고는 해도 방주의 죽음은 너무나 충격적인 일이었다.

"어쨌든 그렇게 됐습니다. 오셨으니 정보를 드려야겠지요."

분타주가 슬픔을 갈무리하고 힘겹게 입을 열었다.

"힘드시면 내일 다시 오겠습니다."

"아닙니다. 우선 광동성 남쪽으로 들어온 적들의 기세가 상당합니다. 광동성에 있는 문파들의 힘과 개방 분타들의 힘만으로는 꺾기 어려운 것이 사실입니다."

"흠……."

분타주의 말에 서윤의 표정도 심각해졌다.

"연전연승을 거듭한 까닭에 여유를 부리는 것인지 아니면 앞으로를 위해 힘을 비축하기 위함인지 모르겠지만 적들은 진을 치고 움직이지 않고 있습니다."

"어디쯤입니까?"

"신흥현과 조경현 사이입니다."

"조경현……."

조경현의 이름에 서윤과 천보의 표정이 살짝 변했다. 안 좋은 기억이 있는 곳이기 때문이었다.

"예. 어제 들어온 정보가 하나 있는데 그곳에서 한 사람이 이탈했다고 합니다."

"한 명이?"

"예. 궁을 쓰는 자라고 하는데 아마도 그가 궁마존이 아닐까 합니다."

"궁마존!"

궁마존이 광동성에 들어와 있다면 적들의 파죽지세는 어느 정도 납득할 수 있었다.

직접 겪어본 그, 그리고 설백으로부터 전해 들은 그의 강함이라면 광동성의 중소문파가 감당하기에는 역부족이었다.

"그가 이탈했다면 어디로 향했습니까?"

"북진 중인 것으로 파악되고 있습니다."

"북진 중이라면 저를 노린 것이겠군요."

서윤의 말에 천보의 안색이 딱딱하게 굳었다. 궁마존의 강함을 들어 알고 있는 천보로서는 당연한 반응이었다.

"그럴 겁니다. 북쪽에서 보인 서 대협의 활약이 저들의 귀에까지 들어갔을 겁니다. 저희가 파악한 바로는 궁마존 외에 그쪽에 있는 자들 중 서 대협의 무위를 받아낼 자는 없습니다."

"궁마존이 저를 붙잡아 둔 사이에 저들은 움직이겠군요."

"그럴 가능성이 높습니다. 그렇게 되면 불리해집니다."

분타주의 말에 서윤이 고개를 끄덕였다. 하지만 그렇다고 궁마존을 피할 수도 없었다. 그와의 싸움을 얼마나 빨리 끝내고 남쪽으로 진격하는 적들을 막아내느냐가 광동성 싸움의 결과가 달라질 것이었다.

"제가 맡겠습니다. 어차피 그래야 하고요. 부대주."

"예."

"대원들을 부탁합니다. 무리하기보다는 상황에 따라 피하셔야 합니다. 지금은 희생을 감수하고 적들과 싸우기보다는 최대한 피해 없이 싸워야 할 때입니다."

"알겠습니다."

서윤의 말에 천보가 고개를 끄덕였다.

"분타주님께도 드릴 말씀이 있습니다."

"말씀하십시오."

"대원들과 개방도가 함께 움직였으면 합니다."

"어떤 식으로 말씀입니까?"

"저들의 경로를 보면 곧 불산 쪽으로 진출할 겁니다. 불산에 세 곳의 문파가 있다고는 하지만 지금까지의 기세로 볼 때 그들의 힘만으로는 부족합니다."

"불산으로부터 멀지 않은 곳에 개방 분타가 있으니 어느 정도 방비는 해두었을 겁니다."

"그렇다 하더라도 지금은 적들의 기세를 꺾는 게 중요합

니다. 비등한 싸움이 아니라 압도적인 싸움을 해야 할 때
인 만큼 이곳의 개방도들과 함께 불산으로 이동할 수 있도
록 해주십시오."

"알겠습니다. 최대한 병력을 한 번 모아 보겠습니다."

분타주의 말에 서윤이 미소와 함께 고개를 끄덕였다.

"힘드실 텐데 감사합니다."

"힘들어도 지금은 전시이니 당연한 일입니다."

분타주의 말에 서윤은 다시 천보에게 말했다.

"저는 곧장 출발할 겁니다. 제가 붙잡아 두는 동안 빠르
게 남하하십시오. 불산에서의 싸움이 중요합니다."

"걱정 마십시오."

계속된 서윤의 당부에 천보가 안심하라는 듯 대답했다.

"중간중간 계속해서 정보를 전달하겠습니다."

"감사합니다."

분타주와의 대화를 끝내고 분타를 나선 서윤은 곧장 궁
마존을 맞이하기 위해 남하했다. 그에 천보도 심각한 표정
으로 대원들이 쉬고 있는 객점으로 발걸음을 옮겼다.

*　　　　*　　　　*

북진하고 있는 궁마존의 속도는 빠르지 않았다.

활을 어깨에 맨 채 마치 유람하듯 평온한 표정으로 천천히 걷고 있었다.

마치 서윤이 자신을 만나기 위해 내려올 것을 알고 있는 듯했다.

"조경이라. 이곳에서 안 좋은 기억이 있다지?"

조경현에 들어선 궁마존이 그렇게 중얼거리고는 지나가는 아이를 붙잡고 물었다.

"아이야, 한 가지 물어도 되겠느냐?"

궁마존의 물음에 아이는 그의 인상에 조금 겁을 먹은 듯했지만 이내 고개를 끄덕였다.

"그래. 착하구나. 혹시 예전에 무림맹 아저씨들이 있던 곳이 어딘지 아느냐?"

"저쪽이에요."

궁마존이 온화한 목소리로 물었기 때문인지 아이는 순순히 조경 지부가 있던 쪽을 가리켰다.

그에 궁마존은 슬쩍 그쪽을 한 번 쳐다보고는 미소를 지으며 품에서 무언가를 꺼냈다.

"자, 이거로 당과라도 하나 사 먹거라. 대답을 잘해주어서 주는 선물이란다."

"고맙습니다!"

궁마존이 동전 몇 문을 쥐어주자 아이는 허리를 꾸벅

숙이며 인사하고는 기분 좋게 시전 쪽으로 달려갔다.

"조경 지부라……."

그렇게 중얼거린 궁마존이 다시금 발걸음을 옮겼다.

남하하던 서윤은 그루터기에 앉아 잠시 쉬고 있던 때에 자신을 찾아온 개방도로부터 한 가지 소식을 들었다. 그 소식을 들은 서윤의 표정은 딱딱하게 굳었다.

"조경 지부가 있던 곳에 들어가 나오지 않고 있다고요?"

"그렇습니다."

개방도의 대답에 서윤은 화가 치밀어 올랐다.

그곳이 어떤 곳인가.

자신과 대원들이 큰 위기에 빠졌던 곳이고 그 일로 황보수열이 목숨을 잃지 않았던가.

그런데 그곳에 자리를 잡고 있다니.

'용서할 수 없다.'

속으로 그렇게 중얼거린 서윤이 개방도에게 말했다.

"알겠습니다. 그럴 일은 없겠지만 혹시나 그가 움직이거든 다시 알려주십시오."

"그러겠습니다."

전달을 마친 개방도가 꾸벅 고개를 숙이고는 멀어졌다.

"궁마존……."

서윤이 나직이 그의 이름을 읊조렸다.

*   *   *

서윤이 조경현에 도착한 것은 그로부터 이틀이 지난 저녁이었다.

차분한 표정으로 조경현에 들어선 서윤은 곧장 조경 지부가 있던 곳으로 향하지 않았다. 대신 객점에 찾아 들어가 짐을 풀었다.

그러고는 아무렇지도 않게 저녁을 준비하고 식사를 했다. 음식 하나하나를 꼭꼭 씹어 넘기는 서윤의 표정에는 긴장감이나 분노 같은 감정은 하나도 드러나지 않고 있었다.

자칫 목숨이 위험할지 모를 싸움을 앞둔 사람이라고는 믿기지 않을 정도였다.

천천히 식사를 마친 서윤이 젓가락을 내려놓았다. 그러고는 식어버린 찻잔을 들고 단숨에 마셨다.

식사를 마친 서윤이 다른 식탁에 앉아 있는 누군가를 바라보았다.

그 자리에는 다름 아닌 궁마존이 앉아 있었다.

마치 그가 와 있는 걸 알고 있었다는 듯 서윤은 너무나 태연하게 그를 바라보고 있었다.

궁마존 역시 서윤이 식사를 마치길 기다리고 있었다는
듯 자리에서 일어나 그의 맞은편에 앉았다.

"식사는 잘했나?"

"잘했소."

"그런 것 같더군. 내가 있는 걸 알면서도 아무렇지도 않
게 먹던데."

"굳이 긴장할 것도 없었소. 싸우려는 의지 같은 건 느껴
지지 않았으니까."

"후후. 그랬나?"

오랜 친구 사이처럼 대화를 주고받은 두 사람에게서는
그 어떤 투기도 느껴지지 않았다.

"술 한 잔 하겠나?"

"적과 마주앉아 술 마실 정도로 넉살이 좋지는 않소."

"그럼 적어도 오늘 밤만큼은 적이 아니라 친구라 생각하
게. 주인장! 여기 술 좀 가져오게나."

서윤의 의견은 무시한 채 궁마존이 객점 주인에게 술을
주문했다. 그에 서윤은 작게 한숨을 쉬었다.

잠시 후, 객점 주인이 술 한 병과 함께 가벼운 안줏거리
를 가져왔다.

"다른 안주를 주문하시겠습니까?"

"아니, 이거면 됐소이다."

궁마존의 말에 객점 주인이 고개를 한 번 숙이고는 돌아갔다.

그에 궁마존은 술병을 들고 서윤 앞에 놓인 잔에 술을 채우고는 자신의 잔에도 술을 채웠다.

"들게."

그에 서윤은 궁마존을 똑바로 쳐다보며 술잔을 들고 입에 털어 넣었다.

쓴 맛이 입을 지나 목구멍으로 넘어갔다.

"술을 많이 마셔보지는 않은 모양이군."

"이런 난리 통에 술을 자주 마시면 그것도 이상한 것 아니겠소?"

"그런가? 하긴, 그렇겠지."

그렇게 말한 궁마존이 다시 자신의 잔을 채우고는 한 잔 더 하겠냐는 듯 서윤에게 슬쩍 술병을 들이밀었다.

이미 한 잔 마신 것 두 잔은 못 마시겠냐는 생각에 서윤은 술잔을 들었고 궁마존은 잔을 채워주었다.

"이곳 조경현에 안 좋은 기억이 있다지?"

술잔을 입에 가져가려던 서윤은 궁마존의 한 마디에 움직임을 멈추었다.

그러고는 살벌한 기세를 담은 눈빛으로 그를 노려보았

다. 하지만 궁마존은 전혀 움츠러드는 기색이 없었다.

"맞는 모양이군. 후후."

"재미있소?"

"재미있지."

궁마존의 대답에 서윤의 몸에서 은은한 살기가 뿜어져 나오기 시작했다.

"좋군, 아주 좋아. 그 살기, 전과는 또 다른 모습이군."

그렇게 말하는 궁마존을 서윤은 계속해서 노려보고 있었다.

"난 말이지, 제대로 된 싸움을 해보고 싶다네. 과거 검왕이 내 눈을 이렇게 만들었을 때처럼."

그렇게 말하며 궁마존이 흉터가 진 자신의 한쪽 눈을 어루만졌다.

"그 이후로 제대로 된 상대를 못 만났지. 권왕은 죽어버렸고 검왕은 더 이상 검왕이 아닌 존재가 되어 버렸지. 실망이 컸어. 그의 손녀는 한참 부족해 보여서 더 그랬지. 그런데 자네가 나타났어. 권왕의 손자인 자네가. 기뻤다네."

"나와 싸우고 싶어서?"

"그래. 살 떨리는 긴장감과 쿡쿡 찌르는 살기. 그런 것을 느껴보고 싶었지. 하지만 지난번에 봤을 때에는 어딘지 좀 부족했어. 그게 뭘까 고민을 많이 했지. 살 떨리는 긴장감을 가져다줄 수는 있어도 찌르는 듯한 살기는 느끼지 못했다. 그것이 답이었지."

"그래서 이곳을 고른 것이오?"

"그래. 분노의 끝, 살기의 끝을 보고 싶었지. 내 심장을 다시금 요동치게 만들어줄 그런 싸움을 원했다."

"그렇게나 죽고 싶어 하는 줄 몰랐소."

서윤의 말에 궁마존이 미소를 지었다.

"무인이 되고 싶어 무인으로 자랐고 나름 경지에 올랐다. 젊었을 땐 호승심이 있었고 중년이 됐을 때에는 살 떨리는 싸움을 하는 맛으로 살았다. 하지만 노년이 되었을 때에는 호승심도 싸움을 하는 맛도 없더군. 지루해졌어. 그렇다고 스스로 목숨을 끊을 수도 없는 노릇이지 않은가?"

"죽고 싶어서 싸움을 원한다는 말로 들리오."

"비슷하지. 사람은 누구나 죽어. 사고로 죽든 병으로 죽든 아니면 천수를 누리고 죽든. 무인은 대부분 누군가에게 죽임을 당하지. 하지만 어이없는 죽음은 싫어. 최고의 상대와 최선을 다해 싸우다가 죽고 싶다. 그래서 시험해 보려는 게지. 자네가 날 죽여줄 수 있는 최고의 상대인지."

궁마존의 말이 끝나고 서윤은 그를 물끄러미 바라보았다.

방금 전까지 풍기던 살기는 온데간데없이 사라져 있었다.

"한 가지 묻고 싶은 것이 있소."

"묻게."

"당신은 이 싸움을 왜 하시오?"

"이 싸움? 마도와 정도의 싸움 말인가?"

"그렇소."

"하하하!"

서윤의 말에 궁마존이 대소를 터뜨렸다. 그 모습을 서윤은 무심한 표정으로 바라볼 뿐이었다.

"내가 이 싸움에 얼마나 최선을 다하고 있다고 생각하나?"

"그다지 최선을 다하는 것 같지는 않소."

"맞아. 잘 봤네. 난 이 싸움에 최선을 다하고 있지 않아. 다만 내가 몸담은 조직이 싸움을 하고 있는데 나서지 않는 것도 우스운 일 아닌가? 최소한의 동조를 하고 있을 뿐이지. 승패는 크게 관심 없다. 물론, 그래도 내가 몸담은 조직이 이기면 좋겠지만."

"그 조직의 수장은 그런 것을 용납하지 않을 텐데."

서윤의 말에 이번에는 궁마존의 표정이 딱딱하게 굳었다.

"용납하지 않으면? 젊은 나이에 무위가 상당하고 교주의 자리에 있다 하여 나를 어쩔 수는 없다. 나 궁마존의 진심 어린 충성을 이끌어낼 수는 없지."

그 대답에 서윤이 눈이 빛났다.

두 사람은 술을 한 잔씩 더 마셨다. 그러고는 궁마존이 술병을 들어 살짝 돌려 보았다.

"벌써 끝인가? 얼마 마시지도 않았는데? 양이 너무 적군. 밤은 긴데 말이야."

아쉬운 듯 말한 그가 서윤을 바라보며 물었다.

"한 잔 더 하겠는가?"

"됐소."

"매정하기는."

단칼에 거절하는 서윤을 보며 궁마존이 야속하다는 듯 말하고는 자리에서 일어났다. 그런 그에게 서윤이 마지막 질문을 던졌다.

"내일 싸움, 누가 이길 것 같소?"

몸을 돌려 발걸음을 옮기던 궁마존이 서윤의 질문에 멈춰 섰다. 그러고는 다시 몸을 돌려 서윤을 바라보고는 나직이 말했다.

"내일이 되면 알게 되겠지. 낮에는 더우니 저녁때 보지. 왠지 자네와는 달빛 아래서 부대끼고 싶군."

그렇게 말한 궁마존이 객점을 나섰다.

서윤은 그가 앉았던 자리를 잠시 바라보다가 마찬가지로 자리에서 일어나 방으로 돌아갔다.

*　　　*　　　*

술기운을 몰아내지 않은 탓에 서윤은 늦은 시간까지 잠을 자고 일어났다.

많이 마시지는 않아 머리가 아픈 정도는 아니었지만 일어난 후에도 잠이 덜 깨 잠시 멍하니 앉아 있었다.

크게 기지개를 한 번 켠 서윤은 곧바로 운기에 들어갔다.

서윤은 해가 질 때까지 식사 때를 제외하고는 방 밖으로 나오지 않았다.

운기에 몰두하고 정신을 가다듬었다.

지금까지 많은 싸움을 해왔지만 궁마존은 급이 다른 상대였다.

어쩌면 전대 마교주보다 더 강할지도 몰랐다.

그렇게 온종일 방에서 마음을 다잡은 서윤은 유시 말이 되어 객점을 나섰다.

해가 완전히 저물지는 않았지만 서서히 어둠이 내려앉고

있는 시간이었다.

사람들이 주변 정리를 하고 집으로 돌아갈 채비를 하는 시간.

서윤은 그런 사람들을 무심한 눈빛으로 스쳐 걸었다.

천천히, 하지만 너무 느긋하지 않게. 그저 평범한 속도로 걷고 있었다.

그 속도로 걷다 보니 그리 먼 거리가 아님에도 조경 지부가 있던 곳에 도착하기까지 제법 오랜 시간이 걸렸다.

그곳 앞에 선 서윤은 물끄러미 폐허가 된 건물을 바라보았다.

오랜 시간 방치된 탓에 무너진 담벼락 곳곳을 넝쿨이 휘감고 있었고 부서져 언제 떨어져도 이상하지 않을 정도로 위태롭게 매달려 있는 문 안쪽으로는 울창한 숲이 보였다.

서윤은 조용히 안쪽의 기척을 살폈다.

그날 이후로 지금까지 그러했듯 안쪽에서는 아무런 기척도 기운도 느껴지지 않았다.

철저하게 기척을 감추고 자신을 기다리는 것이리라.

문을 들어서는 순간부터 싸움이 시작되는 것이라는 걸 서윤이 모를 리가 없었다.

"흐읍! 후……."

크게 심호흡을 한 차례 한 서윤이 다시금 천천히 발걸음을 내디뎠다.

끼릭! 끽! 끽!

살짝 밀었는데도 힘겹게 달려 있는 문에서는 요란한 소리가 났다. 자신이 왔다는 걸 알린 꼴이었다.

하지만 서윤은 상관하지 않았다.

몰래 접근할 생각이었다면 더 어두워졌을 때 경공을 사용해 안으로 들어갔을 것이다.

서윤이 조경 지부 안으로 들어섰다.

길게 자란 잡초들이 발끝에 닿는 느낌이 낯설고 어색했다.

문을 통과해 조금 안쪽으로 들어간 서윤은 발걸음을 멈추고 주변을 살폈다. 기감을 뻗어 궁마존의 위치를 찾으려 했다.

하지만 서윤의 기감에는 아무도 걸리지 않았다.

서윤의 기감을 속일 만큼 완벽하게 기척을 감춘 것인지 아니면 더 깊숙한 곳에 있는 것인지는 알 수 없었다.

서윤이 하늘을 올려다보았다.

그래도 좀 밝았던 하늘은 어느새 완전히 까맣게 변해 있었다.

서서히 빛을 발하는 별들과 어둠 속에서 온전히 자신의 존재감을 드러내고 있는 달이 떠 있었다.

고개를 내린 서윤은 좀 더 깊숙한 곳으로 발걸음을 옮겼다.

조경 지부 내원이었던 곳으로 들어선 서윤은 어느 한 곳을 바라보았다.

이곳에 왔을 당시 묵었던 숙소가 있는 곳이었다.

황보수열이 폭렬단주에 의해 초주검이 되어 끌려왔던 그곳이었다.

서윤은 물끄러미 그곳을 바라보았다.

어째서인지 요동칠 것 같았던 마음은 더욱 차분해지기만 했다.

쐐에에에엑!

그때였다.

서윤을 향해 가공할 속도와 위력으로 화살 한 대가 날아들었다.

서윤은 가볍게 몸을 비틀어 화살을 피해냈다. 그러고는 화살이 날아온 쪽을 바라보았다.

칠흑같은 어둠 속. 보이지는 않았지만 분명 그곳에 궁마존이 있었다.

마치 딴청 부리지 말고 집중하라고 경고하는 것 같았다.

서윤이 작게 심호흡을 한 차례 하고는 주변을 훑으며 집중했다.

궁마존은 이곳에 자리 잡고 기척을 숨긴 채 서윤을 기다리고 있었다.

자신이 가진 모든 것을 발휘하기 위한 최적의 조건인 것이다.

처음부터 궁마존이 유리한 싸움.

서윤은 그것을 깨부수고 궁마존을 쓰러뜨려야 했다.

죽을 생각은 추호도 없었다.

다만 그를 쓰러뜨리는 것이 결코 쉽지는 않겠다는 생각만 할 뿐이었다.

슥.

서윤이 가볍게 왼발을 앞으로 내디뎠다.

팟!

그 순간 서윤의 신형이 사라지며 튀어나갔다. 방금 전화살이 날아온 어둠 쪽이었다.

서윤은 기다리고 서서 화살이 떨어질 때까지 기다린다거나 기척을 찾을 생각은 추호도 없었다.

적이 어둠 속에서 유리하다면 그 속으로 들어가 헤집을 생각이었다.

어둠 속으로 뛰어든 서윤은 방향을 틀며 주먹을 뻗었다.

본능적으로 뻗은 주먹이었다.

팟!

그 자리에 궁마존이 있었는지 서윤의 주먹을 피하는 기척이 느껴졌다.

서윤은 눈을 빛냈다.

그러고는 놓치지 않겠다는 듯 기척이 사라진 방향 쪽으로 달려들었다.

쐐에엑!

화살 세 대가 연이어 날아왔다.

어느 쪽으로 방향을 틀어도 세 대 중 한 대는 맞을 수밖에 없는 절묘한 한 수였다.

서윤은 주먹을 뻗었다.

피할 수 없으면 부숴야 했다.

쾅!

서윤의 주먹과 정면으로 날아온 화살이 강하게 충돌했다.

그 여파로 마치 어둠이 밀려나는 것 같은 착각이 들었다.

서윤의 주먹과 충돌한 화살은 빠르게 다른 방향으로 튕겨졌고 딱딱한 돌을 뚫고 박혔다.

화살 두 대가 곁을 스쳐 지나갔고 서윤은 다시금 빠르게 앞으로 튀어나갔다.

조금 더 나아간 서윤은 다시 그 자리에 멈춰 섰다.

무너진 건물 틈 사이로 달빛이 새어 들어왔다. 조금이나마 시야가 확보된 상황.

하지만 궁마존의 모습을 보이지 않았다.

그 대신 앞쪽에서 강한 기운이 응축되는 것이 느껴졌다.

스윽!

서윤이 다시 한 발을 앞으로 내디디며 주먹을 뒤쪽에 두었다. 그러고는 기운을 끌어모았다.

앞쪽에서 느껴지는 기운에 결코 뒤지지 않는 강한 기운이 서윤의 주먹을 중심으로 모여들기 시작했다.

"합!"

쿠쿠쿠쿠쿠쿵!

곳곳이 무너져 바닥에 널브러져 있는 돌덩이들을 휩쓸며 강맹한 기운이 앞으로 뻗어 나갔다.

그와 동시에 앞쪽에서도 서윤을 향해 강한 기운이 쏘아졌다.

콰쾅!

서윤의 기운과 궁마존이 쏘아 보낸 기운이 강하게 충돌하며 흩어졌다.

그 여파에 주변의 돌덩이들이 사방으로 비산하기 시작했고 서윤은 주먹을 몇 차례 뻗어 자신에게 날아오는 돌덩이들을 가루로 만들었다.

뿌연 흙먼지가 일어났다. 달빛으로 생긴 약간의 시야가 뒤덮이고 말았다.

서윤은 살짝 인상을 찌푸렸다.

흙먼지 때문이기도 했지만 그 틈을 타 살짝 느껴지던 궁마존의 기척이 다시금 사라졌기 때문이었다.

'화살이 아니었어. 강기 그 자체였다.'

광풍난무의 초식으로 쏘아 보낸 강기를 파훼할 수 있는 건 비슷한 위력의 강기밖에 없었다.

'무영시(無影矢) 같은 건가?'

그렇게 중얼거린 서윤은 손을 몇 차례 휘저어 흙먼지를 흩어낸 뒤 다시금 발걸음을 옮겼다.

어렴풋이 보이는 주변 모습을 훑으며 천천히 앞으로 나아갔다.

쉭! 쉭! 쉭! 쉭!

그러자 이번에는 서윤을 향해 빠르게 여러 대의 화살이 날아들었다.

거의 동시라고 느껴질 정도로 아주 약간의 시간 차만 두고 날아드는 화살이었다.

하지만 서윤은 화살을 보고 있지 않았다.

화살이 날아온 방향과 화살이 점하고 있는 방향을 보고 궁마존의 움직임을 예측하려 했다.

'이쪽인가!'

서윤은 주먹으로 화살을 쳐내며 궁마존의 움직임을 예측한 방향으로 빠르게 나아갔다.

쾅!

미리 기운을 끌어 올려 준비하고 있던 서윤은 주먹을 앞으로 뻗었다.

하지만 서윤의 주먹이 후려친 것은 궁마존이 아닌 애꿎은 벽이었다.

'젠장.'

그러고 있을 때 서윤의 뒤쪽에서 강하고 빠른 화살이 날아왔다.

뒤돌아 막기에는 어려운 상황.

서윤은 앞에 있는 벽을 가볍게 차고 올라 허공으로 몸을 띄웠다.

파악!

서윤이 서 있던 자리를 지나간 화살은 그대로 벽에 틀어박혔다.

허공에서 몸을 비틀어 착지한 서윤은 그 반동을 이용해 화살이 날아온 쪽으로 빠르게 쇄도했다.

그런 서윤을 향해 다시금 화살이 날아들었다.

하지만 미리 기운을 끌어모았던 서윤은 주먹으로 화살

을 쳐내고는 반대쪽 주먹을 뻗었다.

쾅!

손에 닿는 묵직한 느낌. 하지만 궁마존이 아닌 다른 무언가를 때린 느낌이었다.

서윤이 뻗은 주먹과 충돌한 것은 궁마존이 휘두른 화살대였다.

그러나 서윤의 힘이 조금 더 강했는지 궁마존의 신형이 밀려났다.

서윤이 어둠 밖으로 나왔다.

달빛이 훤히 비추고 있는 곳. 그곳에는 궁마존이 여유로운 표정을 지은 채 서 있었다.

밝은 곳으로 걸어 나온 서윤은 궁마존을 바라보았다. 그러자 미소를 짓고 있던 궁마존이 서윤에게 물었다.

"몸풀기로 적당했느냐?"

"지루했소. 어린아이도 아니고 술래잡기는 그만했으면 좋겠는데."

서윤의 말에 궁마존이 피식 웃었다.

"가까이서 주먹질하는 네놈 앞에 훤히 모습을 드러내면 활을 쓰는 내가 불리하지 않겠느냐?"

"죽고 싶다 하지 않았소?"

"순순히 죽어주겠다는 뜻은 아니었는데. 말귀를 못 알아

듣는 아이었구나."

궁마존의 말에 서윤도 피식 웃었다.

"주저리주저리 떠드는 건 여기까지 하자꾸나. 제대로 해
봐야지?"

그렇게 말하며 궁마존이 활을 들었다. 언제 걸었는지 활
시위에는 화살 세 대가 걸려 있었다.

방금 전까지 모습을 드러내고 싸우는 건 불리하다고 하
더니 그 말은 거짓이었던 모양이었다.

서윤은 서서히 기운을 끌어 올렸다.

섣불리 움직였다가는 궁마존의 화살에 꿰뚫리고 말 터.
서윤도 신중하게 접근할 수밖에 없었다.

쐐에에엑!

궁마존이 먼저 화살을 날렸다.

그러면서 빠르게 신형을 옮기며 다시 활시위에 화살을
걸었다.

서윤은 궁마존의 진행 방향으로 움직이며 기운을 끌어
올렸다.

풍절비룡권을 펼쳐 화살의 궤도를 흐트러뜨린 뒤 진기
를 실은 주먹으로 화살을 비껴 쳐냈다.

쾅! 쾅! 쾅!

건물 곳곳에 틀어박히는 화살.

그 소리를 들으며 서윤은 궁마존의 신형을 쫓는데 집중했다.

쉬쉬쉬쉭!

궁마존이 시위를 놓자 다시금 화살이 서윤을 향해 날아들었다. 위력은 줄었을지 몰라도 속도는 훨씬 빨랐다.

눈 깜짝할 사이에 서윤의 미간 앞까지 와 있는 화살.

서윤은 급하게 몸과 고개를 동시에 비틀었다.

쐐에에엑!

서윤의 미간에 박혔어야 할 화살은 목적을 이루지 못하고 허공을 뚫고 지나갔다.

화살을 피한 서윤이 더욱 가속하며 궁마존과의 거리를 좁혔다.

진기를 끌어모은 주먹을 휘두르려는 찰나, 궁마존이 화살 없는 활시위를 몇 차례 당겼다 놓았다.

핑! 핑! 핑!

그 소리가 들림과 동시에 멈춰 선 서윤은 재빨리 방향을 틀었다.

콱! 콱! 콱!

서윤이 있던 자리가 움푹 파였다. 아까 한 차례 보았던 무영시였다.

간발의 차이로 무영시를 피한 서윤이 주먹을 뻗었다.

그의 주먹에서 강한 기운이 뿜어져 나와 궁마존을 노리고 날아들었다.

궁마존을 잡아먹을 듯 날아가는 기운.

하지만 궁마존은 눈 하나 깜짝하지 않고 보법을 펼치며 강하게 활시위를 당겼다 놓았다.

퍼엉—!

마치 무언가가 터지는 것 같은 소리가 들렸고 강한 기운이 궁마존의 화살에서 쏘아져 나왔다.

그 위력이 얼마나 강했는지 반동으로 궁마존의 활이 위쪽으로 튕겨졌다.

콰콰쾅!

서윤의 기운과 궁마존의 기운이 허공에서 충돌하며 폭발했고 그 여파가 두 사람을 휩쓸었다.

서윤은 빠르게 기운을 끌어 올려 몸을 보호했다. 그러면서도 눈을 뜨고 궁마존의 움직임을 살피려 했다.

하지만 함께 일어난 흙먼지 때문에 궁마존의 신형을 놓칠 수밖에 없었고 서윤은 살짝 눈을 감았다.

크콰콰콰콰!

충격파가 휩쓸고 지나간 자리에는 뿌연 흙먼지만 피어올라 있었다.

쉽게 가라앉지 않을 것 같은 흙먼지를 보며 서윤은 궁마존의 공격에 대비하고 있었다.

그러고 잠시 후.

조금씩 흙먼지가 가라앉기 시작했고 서윤의 시야에 한 사람의 신형이 보였다.

처음에는 궁마존이라 생각했으나 자세히 보니 아니었다.

흐릿하게 보이는 인영(人影) 뒤로 다른 사람의 인영이 보였다.

그렇다는 건 궁마존 외에 다른 사람이 나타났다는 뜻이었다.

서윤은 긴장하며 기운을 끌어 올렸다.

흙먼지가 가라앉을수록 그 자리에 나타난 인영은 점점 또렷해졌고 서윤의 눈이 커졌다.

그 자리에 서 있는 건 마교주였다.

"지금 뭐 하시는 겁니까?"

마교주의 첫 마디는 서윤이 아닌 궁마존에게 향하고 있었다.

갑작스러운 마교주의 등장에 궁마존은 잔뜩 인상을 찌푸리고 있었다.

"건드리지 말라고 했을 텐데요."

"나도 분명히 말했을 텐데."

마교주의 얼굴이 사납게 구겨져 있었다.

궁마존에게 보내는 마교주의 적의, 그리고 그것을 못마땅해하며 분노를 보이는 궁마존.

그 두 사람 사이의 미묘한 분위기를 바라보는 서윤의 표정은 그 어느 때보다 복잡하기만 했다.

그 와중에도 밤하늘에서는 밝은 달빛이 내려와 대치하고 있는 세 사람을 훤히 비추고 있었다.

『풍신서윤』 10권에 계속…

초대형 24시 만화방

신간 100%, 샤워실, 흡연실, 수면실(침대석), 커플석, 세탁기 완비

■ 강북 노원역점 ■

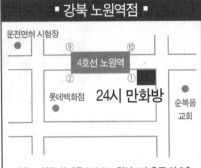

서울 노원구 상계동 340-6 노원역 1번 출구 앞 3층
02) 951-8324 (화용빌딩 3층)

■ 일산 정발산역점 ■

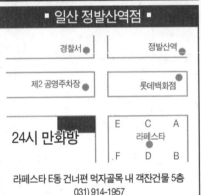

라페스타 E동 건너편 먹자골목 내 객잔건물 5층
031) 914-1957

■ 일산 화정역점 ■

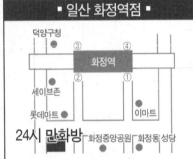

경기도 고양시 덕양구 화정동 984번지 서일빌딩 7층
031) 979-4874 (서일사우나 건물 7층)

■ 부천 역곡역점 ■

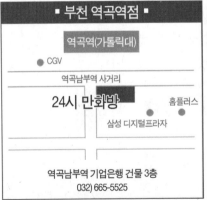

역곡남부역 기업은행 건물 3층
032) 665-5525

■ 부평역점 ■

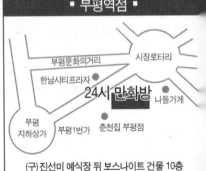

(구)진선미 예식장 뒤 보스나이트 건물 10층
032) 522-2871

Book Publishing CHUNGEORAM

유행이 아닌 자유추구-
WWW.chungeoram.com

허담 新무협 판타지 소설
FANTASTIC ORIENTAL HEROES

신력을 타고났으나 그것은 축복이 아닌 저주였다.

『십자성 - 전왕의 검』

남과 다르기에 계속된 도망자의 삶.
거듭된 도망의 끝은 북방 이민족의 땅이었다.
야만자의 땅에서 적풍은 마침내 검을 드는데……!

"다시는 숨어 살지 않겠다!"

쫓기지 않고 군림하리라!
절대마지 십자성을 거느린
적풍의 압도적인 무림행이 시작된다!

Book Publishing CHUNGEORAM

철순 장편소설

FUSION FANTASTIC STORY

괴물 포식자

지구 곳곳에 나타난 차원의 균열.
그것은 인류에게 종말을 고하는 신호탄이었다.

『괴물 포식자』

괴물을 먹어치우며 성장한 지구 최강의 사내, 신혁돈.
그는 자신의 힘을 두려워한 인류에 의해
인류의 배신자라는 낙인이 찍히고 죽게 되는데…

[잠식이 100%에 달했습니다.]
[히든 피스! 잠들어 있던 피닉스의 심장이 깨어납니다.]

불사의 괴물, 피닉스의 심장은
신혁돈을 15년 전으로 회귀하게 한다.

먹어라! 그리고 강해져라!
괴물 포식자 신혁돈의 전설이 시작된다!

Book Publishing CHUNGEORAM

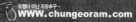
유행이 아닌 자유추구 -
WWW.chungeoram.com

MAJOR LEAGUER

메이저리거

FUSION FANTASTIC STORY

강성곤 장편 소설

꿈꾸는 자에게 불가능은 없다!

『메이저리거』

불의의 사고로 접어야만 했던 야구 선수의 꿈.
모든 걸 포기한 채 평범한 삶을 살던
민우에게 일어난 기적!

"갑자기 이게 무슨 일이지?"

그의 눈앞에 나타난 의미 모를 기호와 수치들.
그리고 눈에 띈 한 단어.
'타자(Batter)'

**특별한 능력을 얻게 된 민우의
메이저리그 진출기가 시작된다!**

Book Publishing CHUNGEORAM

유행이 아닌 자유추구 -
WWW.chungeoram.com.

박선우 장편소설
FUSION FANTASTIC STORY

멋진 인생
Wonderful Life

태어나며 손에 쥔 것이라고는 가난뿐.

그러나 내게는 온몸을 불사를 열정과
목숨처럼 소중한 사랑이 있었다.

『멋진 인생』

모두가 우러러보는 최고의 직장이자 가장 치열한 전쟁터,
천하그룹!

승진에 삶을 바친 야수들의 세계에서 우뚝 서게 되는
박강호의 치열하지만 낭만적인 이야기!

궁극의 쉐프

Ultimate chef

가프 장편소설

FUSION FANTASTIC STORY

태초의 우물에서 찾은 사막의 기적.
사람의 식성과 식욕을 색으로 읽어내는 능력은
요리의 차원을 한 단계 드높인다.

『궁극의 쉐프』

요리란!
접시 위에 자신의 모든 것을 담아내는 것.

쉐프란!
그 요리에 자신의 가치를 증명하는 사람.

"요리 하나로 사람의 운명도 좌우할 수 있습니다."

혀를 위한 요리가 아닌, 마음을 돌보는 요리를 꿈꾸는
궁극의 쉐프 손장태의 여정이 시작된다!

Book Publishing CHUNGEORAM

철순 장편소설
FUSION FANTASTIC STORY

괴물 포식자

지구 곳곳에 나타난 차원의 균열.
그것은 인류에게 종말을 고하는 신호탄이었다.

『 괴물 포식자 』

괴물을 먹어치우며 성장한 지구 최강의 사내, 신혁돈.
그는 자신의 힘을 두려워한 인류에 의해
인류의 배신자라는 낙인이 찍히고 죽게 되는데…

[잠식이 100%에 달했습니다.]
[히든 피스! 잠들어 있던 피닉스의 심장이 깨어납니다.]

불사의 괴물, 피닉스의 심장은
신혁돈을 15년 전으로 회귀하게 한다.

먹어라! 그리고 강해져라!
괴물 포식자 신혁돈의 전설이 시작된다!

Book Publishing CHUNGEORAM